引退賢者はのんびり開拓生活をおくりたい

2

Suzuki Ryuuichi
鈴木竜一
illust. imoniii

オーリン
本作の主人公。
大陸一の大国・ギアディスに
その人ありと謳《うた》われる
最強の大賢者――だったのだが、
職場である学園に
愛想を尽かし賢者を引退。
《災《わざわ》いを呼ぶ島》・ラウシュ島で
開拓生活を始める。
パトリシア
オーリンを慕う元教え子。
真面目な美少女だが、
思い込みの激しさから
たびたび暴走する。
CHARACTERS
登場人物紹介

ブリッツ
オーリンの最強の弟子、
《黄金世代》の一人。
剣技も天然ぶりも
最強な騎士。
ウェンデル
オーリンの最強の弟子、
《黄金世代》の一人。
ムードメーカーな
魔道具《まどうぐ》オタク。
ジャクリーヌ
オーリンの最強の弟子、
《黄金世代》の一人。
強力な魔法と
ツンデレの使い手。
エリーゼ
オーリンの最強の弟子、
《黄金世代》の一人。
癒しの魔法が得意な
おっとりお姉さん。
イム
パジル村の村長の孫娘。
天真爛漫《てんしんらんまん》な性格で、
パトリシアとは大の仲良し。

第1話　早朝のひと時

大国ギアディスの王立魔剣学園《おうりつまけんがくえん》で教師をし、多くの優秀な生徒を育てた功績から《賢者》と呼ばれていた俺――オーリン・エドワースが学園を追われてから、どれくらい経っただろう。

今は南の小国エストラーダの国王陛下から依頼を受け、ラウシュ島で開拓生活を送っている。

《災《わざわ》いを呼ぶ島》とも呼ばれる謎めいたこの島に隠された秘密を解き明かしつつ、農業をしたり、島民たちと交流をしたり、教え子たちを指導したり――賢者をしていた時と同じくらいか、それ以上に充実した毎日だ。

†

その優秀さから《黄金世代》と呼ばれた俺の教え子たち――その一角をなす元生徒のウェンデル、ジャクリーヌのふたりがラウシュ島に到着してから、初めての夜が明けた。

テントの外へ出ると、まだ朝霧《あさぎり》が出ている時間帯ではあるものの、すでにクレールは目覚めて軽い体操を行っていた。

彼女はラウシュ島調査団の一員として、エストラーダ王国から派遣されている女性だ。

「あっ、おはようございます、オーリン先生！」

「早いじゃないか、クレール」

「目が覚めてしまったんです。きっと今日が楽しみだったからでしょうね」

クレールの語る楽しみなこと。

それは、パジル村へ足を運び、村の長《おさ》から俺たち調査団の村づくりの許可をもらうことだ。

ただ、これはかなり難航することが予想された。

何せ、村づくりとなれば、大陸側《がわ》からかなりの人がやってくることになる。

この島の人は俺たちが来るまで島外との交流が一切なかった。となれば彼らは、一気に人の数が増えることに抵抗を感じるかもしれない。

幸い、島の調査をすることには許可をもらえたので、門前払いはなさそうだが……どう反応されるかは俺たちの提案の方法次第だろう。

もちろん、いきなり大人数を島に入れるのではなく、信頼できる者を少しずつ招くつもりではいるが……

「あっ！　そうだ！」

突然、クレールが声をあげた。

「どうかしたのか？」

「先生にいいものをお見せしたいのですが」

「いいもの？」

いたずらっぽく笑いながら、クレールは口元に人差し指を添える。いわゆる、「音を立てるな」という合図だ。

なんだろうと気になりながら、クレールのあとをついていくと、案内してくれたのは彼女が寝ていたテントだった。

「……？　夜中に何か発見でもしたのか？」

「まあ、そんなところですね。ある意味では大発見です……どうぞ」

そう言って、クレールがテントの入口を開けると、そこには――

「うん？」

テント内では、寝息を立てながらパトリシアとイムが爆睡中。

隣同士で寝ているが、寝相《ねぞう》のせいもあってか、お互いに抱きしめ合う形になっている。

……もしかして、見せたかったものってこれか？

確認のため、クレールの方へ視線を送ってみる。

「めちゃくちゃ可愛くないですか？」

瞳をキラキラ輝かせ、小さいながらも力の入った声で語るクレール。

どうやら、彼女が俺に見せたかったものというのはふたりの寝顔らしい。

「ま、まあ、確かに可愛らしくはある」

「ですよね！」

そのあともクレールはふたりの寝顔を満足げに眺めていた。

ただ、さすがに俺がずっと教え子ふたりの寝顔を眺めているのは問題があるだろうと、その場を離れてウェンデルとジャクリーヌのテントへ向かう。

「おっ？　もう起きているようだな」

ふたりのテントはすでにもぬけの殻《から》だった。

「どこへ行ったんだ……？」

まさか、ふたりだけで島の調査に出たのか？

辺りを見て回ろうとした時、俺は強烈な魔力を感知して振り返る。

魔力の発生源は後方の森の中。

これは……間違いなくジャクリーヌのものだな。

「ほぉ……魔力がさらに洗練されているな」

卒業してからも魔法の鍛錬を怠《おこた》っていなかった証拠だ。

まあ、単独であのワイバーンを倒した事実からもそれがよく分かる。ジャクリーヌならば、いずれ世界を股にかけて活躍する高名な魔法使いにも肩を並べる実力者となるだろう。

教え子のたくましい成長を目の当たりにして、教師としても喜ばしい限りだ。

俺は魔力を感じた方向へ歩き始める。

場所はキャンプを行ったところからすぐ近くだった。

発生源に近づくと、そこには予想通りの姿が。

「ふぅ……」

呼吸を整え、魔力を練っていくジャクリーヌ。そのすぐ横で、ウェンデルがあくびをしながら彼女を眺めていた。

ウェンデルの手には自身が開発したと思われる見慣れない魔道具《まどうぐ》と、それを調整するための器具が握られている。

どうやら、彼は彼なりの鍛錬に汗を流しているようだ。

「はっ！」

短い雄叫《おたけ》びのあと、ジャクリーヌの目の前にあった大きな岩が、まるで鋭利な刃物でスパッと斬られたように真っ二つとなった。

目には見えない鋭い切れ味を持つ刃。つまり、この魔法は――

「風魔法か……やるじゃないか、ジャクリーヌ」

「「オーリン先生？」」

パチパチと拍手をしながら近づくと、ふたりは同時に言って、ペコリと頭を下げた。

「朝の鍛錬とは感心だな」

「学園時代から続けている習慣ですもの。自然と体が動いてしまいましたわ。それより、勝手な行動を取ってしまい、申し訳ありません」

「僕は止めたんですけどねぇ……ジャクリーヌがどうしてもって言うから」

「ウェンデル！　あなただって最終的には一緒に来たじゃありませんの！」

朝から元気にワイワイと騒ぐふたり。

どちらも外見は成長しているし、学園時代よりも力をつけてはいるのだろうけど、こういうノリは昔とちっとも変わらないな。

「自身を高めるための鍛錬に汗を流していたんだから、咎《とが》める理由なんてないさ。姿が見えなくて、心配はしたけどね」

「うっ……」

痛いところを突かれて押し黙ってしまうジャクリーヌ。

ちょっと意地悪だったかな？

「でも、学園時代から続けている鍛錬を今も継続しているのは素晴らしい。ブリッツもそうだったが、こういう努力は必ず実を結ぶよ。君はさらに高みへ行けるはずだ」

「せ、先生……」

真正面からそう伝えると、ジャクリーヌは少し照れたようで、愛用の帽子に手を添えて小さく頷《うなず》いた。

《千変《せんぺん》の魔女》、ジャクリーヌ。

その類《たぐい》まれな魔法の才能で、学園時代からすでに敵なしの存在。魔法に関していえば、教師でさえ敵わないほどの実力を有していた。

ただ、何もせずその力を得たわけじゃない。

彼女はずっと人知れず努力をしていた。

学園にいたほとんどの者がその点に触れず、高い能力を持つ魔法使いとしての素質にばかり注目していたが……本来の彼女の強みは、その優れた才能にあぐらをかかずに、しっかり努力して己を引きあげられる意識の高さにある。

——この場にいる人間でいえば、もうひとりそれに該当する人物がいる。

ウェンデルもまた、自身の成長のためには努力を惜しまないタイプだ。

「ところで、ウェンデル」

「はい？」

「その魔道具は？」

「これですか？　こいつはなかなかの代物ですよ？」

「ほぉ……興味深いな」

これまで数々の魔道具を見てきたが、この手のタイプは初めて目にする。

サイズとしては手の平に収まるくらいだが、一体なんの目的で使用するのだろうか。

「一年くらいかけて製作している魔道具なんですけど、いわゆるトラップ系の魔法を見破るためのアイテムなんです」

「トラップ系の魔法を？　それは凄いな」

偽物をつくったり、姿を消したりするトラップ系の魔法は、同業の魔法使いでも見破るのが困難だと言われている。

「わたくしでさえ見破るのが難しいトラップ系の魔法を、そのアイテムで？　本当に可能なんですの？」

「まだ完璧とは呼べないけど、精度は高いと思うよ」

「それは楽しみですわね」

ウェンデルの魔道具技師としての腕を信頼しているからこそ、ジャクリーヌも頭から否定しないのだろう。

出会って間もない頃の彼女なら、その高いプライドが邪魔をして素直に評価できなかったはず……これもまた、大人になった証《あかし》だな。

ふたりの成長に目を細めていると、どこからともなくお腹の鳴る音が――

「わ、わたくしとしたことが……」

照れ顔のジャクリーヌを見て、ウェンデルが微笑《ほほえ》む。

「夢中になると時が経つのを忘れちゃうからねぇ。お腹が空いてもしょうがないよ」

「それだけふたりが頑張ったという証拠だ」

お腹を空かせている元教え子たち。

そして、未だにテントで爆睡中の現教え子たち。

四人とクレールの力を借りて、朝食づくりに励むとするか。

「さあ、行こうか」

「「はい！」」

朝から元気いっぱいのジャクリーヌとウェンデルを連れて、キャンプ地へ戻った。

それから、キャンプ地で軽めの朝食を終える。

その後、俺たちはパジル村へ向けて出発することにした。村人たちにウェンデルとジャクリーヌを紹介したいし、新しい村づくりの相談もしたいからな。

†

パジル村を目指して歩き始め、しばらく経った頃。

「それにしても……この島の自然は本当に凄いですね」

クレールに続いて、ジャクリーヌとウェンデルが言う。

「学園にいた頃は鍛錬の一環でいろんな森へ行きましたが、ここまでの規模はなかなかお目にかかれませんでしたわ」

「それでもためらいなく前進できるのは、間違いなくあの頃の経験が役に立っているからだよ」

そんな会話を聞き、俺も昔を懐かしみながら、鬱蒼《うっそう》とした木々をかき分けて、森の奥へ歩を進める。

思えば、ブリッツとエリーゼも一緒になって、この手の環境には何度も挑戦してきたな。

この島で生まれ育ったイムと、順応性の高いパトリシアは、ウェンデルたちよりもさらに足取りが軽かった。

「先輩方、もうちょっとで目的地のパジル村ですよ」

「楽しみにしていてね！」

無邪気な笑顔をこちらに向けるパトリシアとイム。

それを見てまんざらでもない表情のジャクリーヌとウェンデル。

彼らからすれば、可愛らしい妹ができた感覚なのかな。

こうしてパジル村へ到着すると、すぐに村の人が集まってきた。

長の孫であり、村人から絶大な人気のあるイムが来たせいでもある。

だが村人たちはそれ以上に、連れてきた元教え子ふたりにも関心を寄せているみたいだ。

「あのふたりは……？」

「俺の元教え子ですよ」

村人のひとりにそう尋ねられ、俺はすぐさま答えた。

「おおっ！　オーリン先生の教え子でしたか！」

「「よ、よろしくお願いします」」

村人を前に、緊張気味のジャクリーヌとウェンデル。

しかしふたりの緊張をよそに、村人たちは俺の教え子だと分かると、一気に警戒を解いていろいろと話しかけていた。

ふたりは少し戸惑いを見せながらも、親しげに語りかけてくる村人と交流を重ねていく。

それにしても……最近はラウシュ島でも先生って呼ばれることが増えたな。

一応、今は賢者でも教師でもないのだが、昔から呼ばれ慣れたものだから別に違和感はない。むしろしっくり来るな。

さて、そろそろ村づくりの話を進めたいのだが……みんな、村人と賑やかに話している。

邪魔をするのも野暮《やぼ》ってものだし、長のところへは俺ひとりでこっそり向かうとしよう。

長の家か——ここに来るの、久々だな。

「あんたか。久しぶりだね」

「はい。お元気そうで何よりです」

テントに着いてお互い挨拶を交わすと、早速村づくりについて相談する。

「ほぉ……この島に新しく村をつくる、と」

長の口調が重くなる。

さすがに、そうトントン拍子に話は進まないか。

「島に来る者の行動については、すべて俺が責任を持ちます。それに彼らの力があれば、この島の謎の解明に大きく近づくはずです」

「いいじゃないか。ワシは歓迎するよ」

「ですのでどうか――えっ？」

「聞こえなかったかい。その村づくりを認めると言ったんだ」

先ほどまでの重苦しいムードから一転して、あっさり長が言った。

まさかあの流れから、こうもすんなり了承を得られるとは予想外だ。

「なんだい。納得いかないかい？」

「そ、そんなまさか！　了承をいただけでホッとしたんです」

「それだけワシらはお主《ぬし》を信頼しておるんじゃよ」

「では、その信頼に応えられるように頑張ります」

出会った頃、よそ者である俺たちは村人に警戒されていた。イムの母親であるシアノさんを助けたことで信頼を得られたが、まさかここまでとは知らなかった。

俺としても、誠実に接しようと心掛けてきたが、その気持ちがきちんと伝わっているようで何よりだ。

「それで、村はいつ頃できるんだい？」

「長の許可を得てから取りかかろうと考えていたので、予定はまだ何も決まっていません。このあと大陸側へＯＫが出たと伝えるので、すぐに建設を始められるかと」

「だとしたら、少なくとも数ヶ月は要するね」

「えぇ。もちろん、その間も島の調査は続行してやります。実際に行うのは、俺とパトリシア、イム、クレール、そして新しく加わったウェンデルとジャクリーヌの六人になるでしょう」

それから俺は、今後の予定を長へ説明していった。

話し終えると、テントの外へ出て村人たち、それに彼らと話していたパトリシアたちを集める。

そして、同じような内容を伝えた。

パジル村の人々は、俺やパトリシアと会ってからは、外との交流を続けていきたいと考える者が増え、今や村の大半がそちらの意見に流れている。

おかげで新しい村づくりに関しては、全員が歓迎ムードとなっていた。

喜ばしいことではあるが、少し不安も感じる。

「ますます責任重大になってくるな……」

プレッシャーも大きい。しかし、同時にやりがいを感じる。

ラウシュ島での生活は、ギアディス王立魔剣学園で教師をしていた頃とはまた違った、刺激のある日々だった。

とりあえず、屋敷に戻ったらすぐにグローバーへ連絡し、村づくりの詳しい段取りを決めないと。

ちなみにグローバーもまた、俺の昔の教え子だ。今はエストラーダ王国の騎士団で働きつつ、俺との連絡係を担《にな》ってくれている。

さて、また忙しくなってくるぞ。

第2話　動きだす世界

その日はパジル村で、ウェンデルとジャクリーヌの歓迎会を開いてくれることになった。

なお、この歓迎会には、これから交流を深めていく新しい村が作られるのを祝う意味も込められている。

今後、このラウシュ島がどのように発展していくのか。俺は島民の大人と、その未来像について語り合う約束を交わす。

宴会の準備はパトリシアたちに任せ、俺は一度屋敷に戻ることにした。

今回の件をいち早くグローバーへ知らせたかったのだ。

†

拠点にしているボロボロな屋敷へ戻った俺は、すぐに部屋の水晶玉《すいしょうだま》へ魔力を注ぐ。

この水晶玉は連絡用のアイテムで、エストラーダの王城と通信が可能なんだ。ただし、やり取りできるのは声だけとなる。

グローバーは水晶の前で待機していたらしく、即座に応答があった。

『先生、パジル村の人々は、村づくりに対してどのような反応を?』

やっぱり、そこがずっと気になっていたようだな。

「村人は島外からの入植者を受け入れると言ってくれた。村づくりは問題なくやれるはずだよ」

俺がそう伝えるとグローバーの感情が大爆発。

『よっし!』と言ったあと、ガッツポーズでもしているような様子だった。

――と、ここで、俺はある点が気になった。

グローバーが叫んだあと、金属同士が触れ合うような音がしたのだ。

「グローバー、もしかして……鎧《よろい》を装備しているのか?」

『えっ? えぇ、今日は演習がありまして。本当はもっと身なりを整えてからお話を聞くべきなのですが……着替える時間もなくて』

「演習……？」

騎士団が演習を行うのは珍しいことではない。だが、つい一昨日も行ったはず。

この辺りの地域はすでに戦争を忘れて久しく、そこまで熱心に演習をする必要はないはずだが……この前のワイバーン襲撃事件が尾を引いているのだろうか。

「何かあったのか？」

嫌な予感がしてそう尋ねると、少し間が生じた。

『……』

「何かあったんだな？」

俺が追及すると、グローバーは重苦しく口を開いた。

『……厳密に言いますと、これから起きるかもしれないと言った方が適切かもしれません』

「……？　どういう意味だ？」

『オーリン先生は、デハートという国を知っていますか？』

「ああ。エストラーダ王国からそれほど遠くなく、国家の規模としても大差ない国だったと記憶しているが……」

『その通りです。実は今朝方《けさがた》、そのデハートが謎の軍勢による攻撃を受けたという情報が入ってきたんです』

「何？」

謎の軍勢による攻撃？

……にわかには信じられない話だ。

「信憑性《しんぴょうせい》はどれくらいある？」

『かなり高いです』

今度は即答。

どうやら、本当に確かな筋《すじ》からの情報らしい。

「それで、デハートの状況は？」

『襲撃してきた軍勢は、数自体はデハートの軍を上回っていたそうです。でも統制が取れておらず、デハート側の地の利を活かした攻撃もあり、撤退まで追い込まれたとか』

これもまた信じがたい情報だった。

「敗れたとはいえ、兵の数がデハートを上回っているというなら、その軍勢もどこか別の国の騎士団とかじゃないのか？　ただのゴロツキ連中が集まっただけとは到底思えない」

『それは自分も同感です……が、追加で入った情報によると、その軍勢は兵士の練度や作戦の連携など、あらゆる点でお粗末《そまつ》だったらしいですよ』

「うぅむ……ますますわけが分からないな」

『正直、我々も混乱しています』

陽動《ようどう》か？

そうなるとかえって不気味さもあるが――

「まさか……」

一瞬、脳裏《のうり》をよぎったのはギアディス王国だった。このお粗末な行動は……最近統率を失いつつある、ギアディス王国が絡んでいてもおかしくない。

ギアディス軍がデハートを襲撃した……いや。だが、さすがにそれはないか。

ジャクリーヌとウェンデルから、ギアディス国王のエルスが、不穏な動きをしていることは聞いている。

とはいえ、いきなり他国へ戦争など仕掛けるものだろうか。

「……考えすぎか」

『どうかしましたか？』

「いや、なんでもない。何かあったら、また連絡をくれ」

『分かりました。こちらも村づくりに必要な建築資材や人材などは、すぐに手配いたします。何か必要な物があれば言ってください』

「ありがとう。助かるよ」

そう言って、俺は水晶への魔力供給を遮断《しゃだん》する。

「……騒がしくなりそうだな」

国外で少し不安な動きが出始めているみたいだ。

できれば、何も起きずにいてくれたらいいが……そう願いつつ、俺は宴会へ参加するため、再びパジル村へ向かった。

†

すでに、すっかり夜となっている。

パジル村への距離が近づいてくると、だんだんと賑やかな声や音楽が聞こえてきた。

「お？　やっているな」

俺がいつ合流できるのか、その詳しい時間は分からなかったので、「準備ができ次第、宴会を始めてもらって構わない」と告げておいた。

この様子だとかなり盛り上がっているようだな。

森を抜けて村へたどり着くと、村人はみんな笑顔で宴会を楽しんでいた。

よく見ると、その輪の中にウェンデルとジャクリーヌとクレールの姿もあった。

俺を発見したパトリシアが駆け寄ってくる。

「あっ！　先生！」

「楽しんでいるようだな」

「はい！　先生の方はどうでしたか？　グローバーさんと連絡は取れました？」

「グローバーにはきちんと村づくりについて伝えておいたよ。後日、こちらに建築資材や人材を送ってくれるそうだ」

「じゃあ、村づくりは――」

「それらが到着次第、すぐに取りかかる」

「分かりました！　全力で頑張ります！」

パトリシアは元気よく返事をし、いつもの明るい笑みを見せた。彼女も、村づくりがいかに重要かということは分かっているらしい。

「先生～！」

そうこうしていると、イムが俺の腕にしがみついてくる。

「おっと。どうしたんだ、イム」

「そうです！　なぜ腕に抱きつく必要があるんですか！　その明確な理由を詳細に説明してください！」

「落ち着きなさい、パトリシア」

とりあえず、興奮するパトリシアをなだめながら、イムに離れるように伝える。

ふたりには申し訳ないが……なんというか、まるで子犬みたいだな。

その時、俺たちへ近づく影がふたつ。

「先生、お疲れさまです」

「先に始めさせていただきましたわ」

パトリシアたちと比べると、ウェンデルとジャクリーヌはさすがに落ち着いているな。

年齢もふたりに比べたら五歳くらい上だし、当然といえば当然か。

しかし、その立ち振る舞いはパトリシアとイムに大きな影響を与えているようで――

「「…………」」

特に言葉を発してはいないが、憧れの眼差しでウェンデルたちをジッと見つめるパトリシアとイム。

このふたりにとって、ウェンデルたちは、俺とは違った方向からアプローチできる先生になりそうだな。

さて、そんなウェンデルとジャクリーヌにも、グローバーから伝えられた村づくりの件を話しておくか。

――ただ、近隣国で起きたという騒動については、伏せておくことにした。

何がどう関与しているのか、その詳細な情報が分からない以上、余計な心配をかけたくない。

ただ、この先、エストラーダ王国に危機が訪れるとなったら……移住し国民となった俺たちも黙ってはいられない。しかるべき対応をしなければ。

そんな風に考えていると、ジャクリーヌが声をかけてきた。

「オーリン先生、難しい顔をされていますよ？」

「む？　おっと、すまない」

「先生、何かあったら僕たちにも相談してくださいね。あの頃よりはいろいろと経験も積んでいますし、きっとお役に立てるはずです」

「助かるよ、ウェンデル」

ギアディス王国では黄金世代と呼ばれ、国の中枢《ちゅうすう》を担う存在だったふたりが力を貸してくれるなら、これ以上に心強いことはない。

「おっ？　オーリン先生がいらしたぞ！」

「さあ、先生、どうぞこちらに！」

俺が来たことが広まり、村人が続々と集まってきた。

そういえば、彼らと島の未来について語る約束をしていたんだったな。

「さあ、先生も一緒に宴会を楽しみましょう？」

「早くしないと、せっかくの料理が冷めてしまいます！」

「そうだよ、先生！」

「あと、クレールさんが意外と食べるので、なくなってしまう心配もあります」

村人たちからそんな風に、口々に声をかけられる。

「ははは、分かったよ」

やれやれ……今日の宴会は騒がしくなりそうだ。

第3話　勝敗の行方

「なんてザマだ……」

眉間《みけん》にシワを寄せたブリッツはそう吐き捨てた。

視線の先には、戦いを終えて戻ってきたギアディス王国の騎士の列がある――だが、その騎士たちの表情は冴《さ》えない。

当然だ。

戦いの結果は、言い訳のできない見事な完敗。

万全を期したはずが、遥か格下の小国デハートにしてやられる結果となり、騎士たちは失意に肩を落としていた。

ギアディスの戦史に残る、まさに歴史的な敗北だ。

原因は明白。

実戦での経験が皆無《かいむ》に等しい者を多く送り込み、彼らのやらかしの尻拭《しりぬぐ》いをしている間に攻め込まれたのだ。

それだけではない。

デハート王国の領土は山岳地帯が多く、相手はその地の利を活かした攻めを繰り出し、ギアディスの兵を大いに苦しめた。

一方、ギアディス側にはなんの対抗策もなく、ただ無謀《むぼう》に攻めては押し返されるといった行為の連続――しまいには大幅に戦力を減らし、撤退せざるを得ない状況となってしまったのである。

「ひどい有り様だな」

ブリッツの横で同じく帰還した騎士を眺めている同僚の口調は、憐《あわ》れむようなものだった。

もちろん、ただ勢いだけで乗りきろうとする浅はかな考えに振り回された者たちへ向けられた言葉だ。

「純粋な戦力差だけを考慮すれば、どう転んでも負けはなかったのに……ブリッツの予想通りになったな」

ブリッツは無言のまま、思いを巡らせる。

だからこそ、王家の人間もこの敗戦は予想外だったはず。

肝《きも》を冷やしているのは、忖度《そんたく》まみれの成績をつけた学園関係者だろう。

今回の戦線には、本来力不足であるにもかかわらず、学園から優秀な成績であると偽りの評価を受けた貴族の子女たちが、多く参加していた。

その中にはオーリンの学園追放のきっかけとなった、ローズ学園長の息子――カイル・アリアロードも含まれている。

オーリン以外の教師は、学園長からの叱責《しっせき》を恐れ、貴族へ恩を売るような形で実力のない者に最高の成績を与えた。

そんな実態を把握していない者たちが、学園の生徒たちの中に最強の天才世代が誕生したと勘違いし、彼らで結成した部隊によって戦争を仕掛けるまでに至ったのだ。

しかもカイルはといえば、部隊長の地位まで与えられている。

その結果が、この情けない姿であった。

「今回の敗戦……国王陛下はさぞお怒りだろう」

「最初から勝機などない、負けるべくして負けた戦いだ。むしろあれだけの数が生きて戻ってきたことは、奇跡に近い」

結果としては完膚《かんぷ》なきまでの敗北。

だが、当初ブリッツが予想していた被害よりも少なく終わったのは、ひとりでも多くの騎士を無駄死にさせまいと尽力したベテランたちの功績だ。

「一体なんのための戦争なんだ……」

「こんなものは戦争とは呼べない。ただのごっこ遊びだ」

「お、おい、聞こえるとまずいぞ」

「聞かせてやればいいさ」

ブリッツはそう言って踵《きびす》を返すと足早にその場を去った。

目的地は騎士団の詰め所。

そこで、騎士団長に抗議をするつもりだった。

さすがに今回の件で懲《こ》りただろう。

貴族の私物と化しつつある騎士団が本来の役割を果たせるよう、きっと働きかけてくれるはず。

――だが、そんなブリッツの希望はあっさりと打ち砕かれた。

「……今、なんと？」

団長を訪ねると、「ちょうど君を呼ぼうと思っていた」とのことだった。

――が、その内容はブリッツが望んでいたものとは正反対だった。

「次の戦闘では君にも出てもらうつもりでいる」

「俺が……？」

「カイル隊長直々のご指名だ。史上最年少で聖騎士の称号を得た君なら、どんな不利な状況でもそれを覆《くつがえ》せるだろう」

「っ⁉」

その名を聞くと虫唾《むしず》が走る――喉元《のどもと》まで出かかった言葉だが、ブリッツはこれをグッとこらえた。

今回の大戦犯である男。そして、自分の恩師の追放のきっかけとなった張本人。

そんな人間が自分を尻拭い役に指名したのだ。これほどの侮辱《ぶじょく》は生まれて初めてだった。

そんな無能な男の下につくなど、断じて受け入れることができない。

ブリッツは何も言わず、飛び出すように団長室をあとにした。

大雨が降る中、びしょ濡れになりながら王都をさまよう。

「俺は……」

何もかもが嫌になった。

いっそ、すべてを忘れ去りたいと思うほどに。

そう考えながら当てもなく歩き続けていると、正面から女性が近づいてくる。

「ブリッツ⁉　どうしたの⁉」

偶然通りかかったエリーゼが駆け寄ってきた。

エリーゼは憔悴《しょうすい》しきっているブリッツを見て、何があったのかをすぐに察した。

「ねぇ、ブリッツ。……一週間後に大聖堂へ来て」

「えっ？」

「いいから。話したいことがあるの」

「……ああ、分かった。必ず行くよ」

力なく、ブリッツはそう返事をしたのだった。

第4話　村づくり、開始

俺——オーリンと、パトリシア、イム、クレールのラウシュ島調査団。そこにウェンデルとジャクリーヌが加わり、合計六人となった。

エストラーダ王国では、グローバーが中心となってラウシュ島へ投入する資材や人材の用意をしている。

パジル村の人とは良好な関係を築けているので、それらが届き次第、村づくりに挑める環境が出来上がっていた。

今日はその新しい村となる予定地へやってきた。

この前も見たわけだが、今回はもう少し計画を詰めるために建設予定図を描くつもりだ。

「素晴らしい土地ですね」

到着早々、クレールは全身に陽光を浴びて伸びをしている。

そのあとから、ウェンデルとジャクリーヌがやってきた。

「海から近いけど、これだけ高ければ津波の心配はなさそうですわね」

「川が近いというのもいいですね」

さすがは俺のもとでたくさんの野外授業をこなしてきた卒業生たち。教えたポイントをしっかり覚えているな。

「ねぇ、パトリシア。あの大きな木の近くにあたしたちの家をつくろうよ」

「いいですけど……って、あたしたちとは？　一緒に住むんですか？」

「ダメ？」

「うぐっ……そ、その目は反則ですよ……」

パトリシアとイムは早くも自分たちが住む家の場所を決めていた。

イムはどうやらふたりで住むつもりらしいが、パトリシアの方はまだちょっと悩んでいるように見える。というかしきりにこちらをチラチラ見つめているが……助けを求めているのか？

「オーリン先生」

「ん？」

パトリシアたちの方へ行こうとしたちょうどその時、クレールが声をかけてきた。

「どうかしたのか？」

「いえ、その……オーリン先生もここに住むんですよね？」

「当然だ」

「だったら、私と一緒に暮らしませんか？」

「え？」

いや、それはさすがにまずいと思う。

この提案にはウェンデルとジャクリーヌも……あれ？

なんか想像していた反応と違うな。

ふたりとも「それはそれであり」みたいな顔をしている。

その横ではイムが目をパチクリとさせ、パトリシアがこの世の終わりみたいな表情を浮かべていた。

――パトリシアやイムの教育上、俺とクレールが同じ家で暮らすのはちょっと問題だろう。

俺は断りの理由を、やんわりとクレールに伝える。

結果、残念そうにはしていたが、なんとかクレールには受け入れてもらえた。

「それにしても、本当に不思議な島ですね」

クレールとの会話が終わると、次はウェンデルが口を開いた。

「これだけ大きい島が目と鼻の先にあるというのに、エストラーダ王国はどうして今まで手をつけなかったんでしょうか。それらしい理由は言っていましたけど……正直、それだけで諦めるとは思えないのですが」

「どうだろうなぁ……ただ、港町を見ると、少なくとも先代国王が何かしら手を打とうとしていた痕跡《こんせき》はある」

「ですが、現国王はそれを知らないようでしたわ」

ウェンデルとの会話に、ジャクリーヌも参加する。

それは、俺も気になっている点だった。

あと、気がかりなことは、この島の大きさだ。

地図などから大体の大きさは把握しているつもりでいたが、実際に島内を歩き回ってみると、その三倍は広く感じる。

これだけの規模になってくると、今のメンバーだけでは対応しきれない……エストラーダ王国で募集しているという調査団の新たな人材が到着するまでは、このメンツでやれる範囲をしっかり調べていこう。

「よし。昼飯を食べたら周辺を調査してみるか」

俺の呼びかけに、みんなは「はい！」と元気よく返事をしてくれた。


そして、昼食後。

新たに村をつくる場所の周辺に何が存在しているのか、その詳細な情報を集めるために調査を開始した。

相変わらず鬱蒼と木々が広がっているものの、それ以外にこれといっておかしな点は発見できない。

「モンスターの類は見当たりませんわね」

「そのようだな」

ジャクリーヌが探知魔法を使って調べたが、どうやら脅威《きょうい》となる存在はいないようだ。

ただ、何か違和感を覚えたようで、

「本当に……不思議な島ですわね」

ボソッとそう呟《つぶや》いた。

「君もそう思うか」

「えぇ……なんというか、うまく表現できないのですが……あえて言うなら、地上にあるダンジョンとでも言いましょうか」

「地上にあるダンジョン、か。いや、なかなか的確だと思うよ」

的確どころか、思わず唸《うな》ってしまうくらいピッタリな表現だ。

この島には多くの謎がちりばめられている。

前に発見したあの難破船《なんぱせん》は、結局、どこからやってきて、なんの目的があって、この島を目指したのか。座礁《ざしょう》しているところを見ると、もしかしたら偶然ここへたどり着いた可能性もあるが……

それなら、船員はどうなったのだろう。

そして、島を調査したと思われる痕跡の数々。

エストラーダの先代国王は、港町をつくっていた。そこまでやっていたのなら、この島に調査団を送るか、あるいは移住を考えていたとしてもおかしくはない。

問題は、なぜそれを中止したのか。

あの港町は、なぜ活用されなかったのか。

パジル村と交流をしなかったのはなぜか。

今となってはその関係者がいるのかいないのか、それすらハッキリしない。

グローバーが過去の書物などを読み返して先代国王の思惑《おもわく》を探っているが、今のところはこれといった情報がない。

「ラウシュ島……あまりに謎が多すぎるな」

「ひとつひとつ解明していくしかありませんわね」

「あぁ……やれやれ。忙しくなるぞ」

「そういう割には嬉しそうですわね」

「そうか？」

まあ、実際楽しみではある。

考古学に造詣《ぞうけい》が深いとは言いがたいが、前々から興味は持っていた。著名な考古学者が記したとされる、世界中の遺跡を紹介する書物は今も愛読している。

ジャクリーヌはそのことを知っているから、あっさり嬉しそうだと見抜いたのかな。

「それにしても、先代国王は、なぜ自分の息子にも黙ってこの島を調査しようとしたのでしょうか」

「もっと言えば……なぜ途中で放棄《ほうき》したのかって謎も含まれるな」

俺とジャクリーヌがあれこれ議論を交わしていると、

「きゃっ!?」

突然、パトリシアの悲鳴が聞こえた。

「パトリシア!?」

俺はジャクリーヌを連れ、急いで彼女のもとへ向かう。

「あっ、先生……」

俺が見たのは――近くの小川で水遊びをしている途中、誤って転んでしまい、ビショビショに濡れてしまったパトリシアの姿だった。

「怪我はないか!?」

「だ、大丈夫ですよ」

パトリシアに駆け寄って、足の状態をチェック……うん。本人が言うように、ひどい怪我はなさそうでひと安心だ。

「気をつけるんだぞ」

「は、はい……」

む、失敗した。

心配になるあまり少し語気が強くなって、パトリシアを落ち込ませてしまったようだ。

「先生も一緒に水浴びしようよ！　冷たくて気持ちいいよ！」

そんな状況を知ってか知らずか、イムは元気よくはしゃいでいる。

「まったく……しょうがないな。ウェンデル」

「は、はい！」

「そんなところで見てないで、加勢してくれ」

「分かりました！」

俺は見学をしていたウェンデルを自軍へ引き入れ、水をかけてくるイムに応戦する。

だが、イムもクレールとジャクリーヌを加えて万全の態勢で俺たちを迎え撃った。

結局その日は、夕方になるまで小川で遊んでしまったのだった。

†

予定地周辺の調査を始めて数日が経った。

俺たちは不審な点や危険な場所がないか調べつつ、村をつくる上で必要になる下準備をできる限り進めていく。

その間の食料については、大陸から送られてくる物資に加え、森で採《と》れる木の実や果物、野生動物の肉、さらには畑で収穫した野菜や海釣りで得た魚など、バリエーションが豊富で飽きがこなかった。

調査の途中、俺は先日発生したデパートへの侵攻事件についてグローバーから情報を送ってもらうことにした。

それによると、あれ以降目立った動きはないようだが……楽観視《らっかんし》はできない。

あの手の連中は、きっとまた仕掛けてくる。

グローバーの話では、指揮《しき》系統がだいぶお粗末だったようだが……何かトラブルがあったのかもしれない。油断は禁物《きんもつ》だと、グローバーにも伝えておいた。

†

それからさらに数日後――とうとうその日がやってきた。

『オーリン先生、資材が揃いました』

早朝にグローバーから、いよいよ本格的な村づくりをスタートする準備が整ったと連絡を受ける。

――だが、少し気になることが。

「資材は分かったが、調査団の人材の方はどうなっている？　応募はあったのか？」

国王陛下が、クレールのような調査団の志望者を募《つの》っているはずなんだが、まだ音沙汰がないんだよな。

『そ、それが……今のところ志願《しがん》した者は五人ほどで』

「！　そうか」

だが、決して多い人数ではないな。

まあしかし、想定の範囲内である。むしろ五人でも志願してもらえたのはありがたいと思わなくては。

「ちなみに、志願してくれたのはどのような人たちなんだ？」

『騎士団関係者が三人で、一般人がふたりですね』

「一般人からも志願者がいたのか」

一般枠からの参加が、クレール以外にもいるとは思わなかったな……どうやら、思っていた以上にエストラーダの民のこの島への関心は高いらしい。

災いを呼ぶ島と呼ばれても、どこか惹《ひ》かれるところがあるんだろう。

「それで、到着はいつ頃になる？」

『今日の午後には、そちらへ着けるかと』

思ったより早いな。だが、人手が増えるのは歓迎だ。

「了解だ。それなら、人数分のテントを用意しておかないとな」

しばらくの間はテント生活になるが、我慢してもらわないと。

一応、グローバーからそうなるだろうという注意もしているらしいから、志願者も了承済みのはずだが。

――あと、例の件についても聞いてみるか。

そう思ったら、

『先生がもうひとつ気にしていらっしゃる例の件ですが』

グローバーの方から切り出してきた。

『教えていただいた人物とコンタクトが取れました』

「それは朗報《ろうほう》だな。用件は伝えたのか？」

『もちろんです。乗り気でしたよ。……やはり先生の言う通り、思うところがあったみたいですね』

「あの人は根が真面目だからな……よし。近いうちに頼むぞ、グローバー」

とりあえず、そちらの方も順調そうで何よりだ。

グローバーと水晶での連絡を終えると、俺はみんなを集めた。

そして今日の午後に、村づくりのための資材と人材、さらに調査団の志願者がこちらへやってくることを伝える。

「いよいよ本格的に村づくりができますね！」

物づくりを得意とするウェンデルは目を輝かせていた。

彼にはおおいに活躍してもらおう。

「では、諸々《もろもろ》準備をしておかなくてはなりませんね」

連絡が来るまでの間、得意の魔法で予定地周辺の土地を整備していたジャクリーヌも、いよいよ始まる村づくりに気合が入っている様子。

なんでも、どこかに薬草を育てるための農場をつくりたかったらしい。ようやくそれが実現できそうだという喜びもあるのだろう。

しかし、相変わらず勉強熱心な子だ。

ちなみに、資材や人材を乗せている船はかなりの大きさが予想されるため、例の無人となった港町へ寄港することになっている。

一応、俺たちだけでも運用できる小規模な港も設ける予定だが、それはもう少し先の話になりそうだ。

「そうと決まったら、今日はいつもより昼食を早めに取って準備するか」

「では、私たちは早速準備に取りかかります！」

パトリシアがイムとクレールを連れて昼食の用意を開始。

残った俺たちは、時間が来るまで村づくりの準備を再開する。

さて、一体どんな人たちが来るのか——楽しみだな。

昼食を終えると、俺たちは港町の跡地へ移動した。

今回は資材など積み荷が多いため、この跡地を利用することとなった。

しかし、長年にわたってろくな整備もされていないため、停泊できたとしても一隻——それも中型の船が精一杯だろう。

いずれ、この島から運び出す物が出てきた場合、大型船が停泊できるようにしておきたいところだ。

ここは村の建設予定地からそれほど離れてはいない。

規模は王都の港町ほどではないが、大きい方に入るだろう。まさに理想的な立地条件だった。

「職人が来たら、いずれここもしっかり整備して再利用できるようにしたいな」

しばらく待っていると沖に船の姿が見え、イムがはしゃいだ声を出す。

「大きい船！」

「荷物が多いですから、当然ですね」

「でもパトリシア、なんであんな大きな物が水の上に浮いているの？」

「…………」

「パトリシア？」

「それは……気合です」

「気合かぁ」

イムの質問にめちゃくちゃな解答を口にするパトリシア。

困ったら根性《こんじょう》論に移行するからなぁ、パトリシアは。あとでふたりには特別授業をした方がよさそうだ。

それはさておき、船が港へ到着すると、まずひとりの中年男性が降りてきた。

「あなたがオーリン・エドワース様ですね」

「そうです。あなたは？」

「このたび、エストラーダ王国より、ラウシュ島へ送る物資の調達を任されることになりました、商人のバンフォードという者です。これより、必要な物資についてはなんなりとお申しつけください」

そう言うと、バンフォードと名乗った商人は国王直筆の紹介状を提示した。

その紹介状には国王陛下の魔力がしかと練り込まれていた。

疑っていたわけじゃないが、本物の紹介状に間違いないようだ。

「確かに」

そう言って紹介状をバンフォードさんに返す。

「それではオーリン様、早速資材を運び出したいと思います。それから、この島の調査団へ入団を希望している者たちもご紹介します」

「分かりました」

船にある資材の運搬は船乗りに任せて、俺、パトリシア、イム、クレール、ウェンデル、ジャクリーヌの六人は、ともに調査をすることとなる新しい仲間と顔合わせをするため、船内へ入った。

ちなみに、村づくりに必要な家屋などを建築する職人は、完成するまでの間、島へ数日滞在し、月に数回大陸へ戻るという往復生活を送る予定になっている。

これから会う調査団志望者の五人は村に住み、俺たちと行動をともにしながらこの島の謎を解き明かす。

その五人が待機している船室に案内され、中に入る。

「む？」

五人を見た第一印象は――「思っていたよりもずっと若い」だった。

まず、揃いの制服を着た三人はエストラーダ王国の騎士団関係者だろう。

男性ふたりに女性ひとり。

「初めまして。自分はエストラーダ王国騎士団に所属しているカークといいます」

「お、おお、同じく、バリーです」

男の方はともに二十代半ばくらいか。

カークと名乗った茶髪の青年はとても堂々とした振る舞いで、どことなくブリッツを思い出させる。もうひとりのバリーという緑髪の青年はどこかオドオドしており、忙《せわ》しなく目が動いていた。……あまり騎士っぽくないな。

一方、赤い髪の女性の方は彼らより五、六歳ほど若そうだ。養成所を出たばかりの新人だろうか。

それにこの女性は——

「君は……獣人族《じゅうじんぞく》か」

「はい。猫《ねこ》の獣人族でリンダといいます！」

話すたびにピコピコと動く猫耳——っと、そちらばかりに気を取られてはいかんな。

この子は、なんとなく雰囲気がイムと似ている。きっと仲良くなれるだろう。

そのイムだが、生まれて初めて見る獣人族に興奮していた。

島の中で生まれ育ち、同じ人間であっても、島民以外では俺たちが初めて会った人間と言っていたし。もうしばらくこの高いテンションは続きそうだな。

次は一般からの志願者だ。

「僕はドネルと申します。商人として、バンフォードさんが運営する商会に所属させてもらっています」

彼は物資補給の補佐をするため、大陸側との連絡係として派遣されたようだ。

とはいえ、島の存在は子どもの頃からずっと気にかかっていたようで、今回こうして上陸できてとても興奮していると鼻息荒く語っていた。

もうひとりは、眼鏡をかけた銀髪の女性。

「私はルチアと申しまして、魔法使いです。地属性の魔法が得意で、きっとお役に立てるかと」

「それは頼もしいな」

魔法使いなら、ジャクリーヌの負担も減るだろう。

こうして、志願者たちの簡単な自己紹介はひと通り終了。

今度はこちらの番だ。

パトリシア、イム、クレールの三人までは滞《とどこお》りなく進んだのだが、ジャクリーヌとウェンデルが名乗ると、雰囲気が一変。

「ギ、ギアディス王国の黄金世代⁉」

「それがふたりも⁉」

「本物に会えるとは……」

志願者五人は、驚きの表情を浮かべている。

中でも魔法使いであるルチアは、ジャクリーヌへの質問責めを始めた。

なんでも、ずっと憧れていた存在らしい。

「私！　ずっと世界的に活躍できる魔法使いを目指していたんです。だから同じくらいの年齢で活躍されているジャクリーヌ様には憧れているんです！」

「こ、光栄ですわ……」

あのジャクリーヌがここまで圧倒されるとは……おとなしめな子だと思っていたが、意外と押しが強いんだな。

さらにウェンデルとジャクリーヌが俺の教え子だと知ると、今度は全員がこちらへ驚きの顔を向けた。

「オ、オーリンさんが黄金世代を育てた……」

「ということは……あなたが有名な大国ギアディスの賢者殿⁉」

「い、いや、俺は彼らの先生というだけであって……」

「そうです！　オーリン先生は凄いんです！」

俺が話し終える前に、パトリシアが力強く言いきる。

「オーリン先生は最高です！　私もそんな先生のもとで学べて本当に幸せです！」

「パトリシアちゃん、どうどう」

興奮しているパトリシアをなだめるクレール。

……彼女がいてくれて本当によかったよ。俺ではあんな風にできないからな。

気を取り直して——次の話題へ。

「じゃあ、ここまで分かっている情報を教えておくよ」

俺は持ってきた地図を船室内にあったテーブルの上に広げた。そして、難破船や放棄された港町など、ここまでで判明している情報を伝える。

「これは……なかなかに厄介《やっかい》ですな」

「まったく全貌《ぜんぼう》が掴めないです」

カークとバリーはともに腕を組んで首を傾《かし》げる。

「ただ、この難破船が商船だとすれば、この島から何かを運び出そうとしていたのではないでしょうか？」

「む？　なるほど……その発想はなかったな」

商人らしいドネルの意見に感心する。俺ではなかなか思いつきそうにない、彼ならではの視点だ。

「実際にこの目で見ることができれば、もう少し情報が引き出せるかもしれません」

「そうだな。……よし。それでは実際にあの船を見てみるとするか」

「それは楽しみです！」

リンダは嬉しそうに目を輝かせる。この辺の無邪気さも、なんとなくイムに似ているように思える。

「って、先生。これから職人さんたちとの打ち合わせがあるのでは？」

「おっと、そうだったな」

危ない……うっかりしていた。クレールが教えてくれなければ、そのままみんなで出かけるところだった。

「すまない。助かったよ、クレール」

「いえいえ。これでも私は先生の秘書のつもりですから」

「ははは、確かにクレールの働きは秘書っぽいな」

俺が気づかないことを気づかせてくれるし、スケジュール管理もうまい。案外、天職なんじゃないか？


「先生！　私も毎日早寝早起きをしてスケジュール管理は完璧です！」

突然パトリシアが割って入ってきた。

「そうだな。パトリシアも偉いぞ」

「えへへ～……って、何か違う!?」

褒《ほ》めたつもりだったが、パトリシアとしては不満だったらしい。

うーむ……年頃の女の子は難しいな。学園にいた頃のエリーゼやジャクリーヌはそんな風に感じなかったけど。

ともかく、俺たちは職人に村の構想を話すため、一度この船を出ることにした。


船を出ると、職人をまとめる責任者が俺を待っていた。

「初めまして。今回こちらの村づくりを担当します、ターナーと申します」

「調査団のリーダーを務めるオーリン・エドワースです」

「大国ギアディスの賢者殿……お噂はかねがね伺っております」

差し出された手を握りながら、簡単に自己紹介を終える。

……こう言ってはなんだが、この手の職人はもっとこう、武骨《ぶこつ》な感じがするイメージがあったが、このターナーという人物は俺と同じくらいの年齢で、非常に物腰が丁寧《ていねい》で理知的な印象を受ける。

ただ、彼の部下である職人たちは、概《おおむ》ね最初に抱いたイメージ通りだった。

現場で鍛えられた屈強な肉体。そして資材を運んだり、準備を整えたりしている手際のよさは、熟練の職人であることを感じさせた。

なるほど。ターナーはこんな職人たちを束《たば》ねているのか。

彼らにならば、村づくりを託《たく》せそうだな。

グローバーもいい人材を見つけてくれたものだ。

ちなみにそのグローバーは、先日俺が依頼した案件を果たすため、国外への遠征を準備しているはずだ。

グローバーがうまくやってくれたら……まあ、最終的にどうなるのか、それは俺でもまったく予想できないが。

今はただ、やれるべきことをやり、吉報《きっぽう》を待つとしよう。

†

しばらく歩き、俺はターナーと職人たちを連れて村の建設予定地へ移動。

そこへ到着すると、彼らはすぐに辺りの様子をくまなくチェックしていく。そして少し協議したのち、代表してターナー自身が土地の評価を口にした。

「素晴らしいです！　村をつくるにはこれ以上ない場所と言っても過言じゃない！　よく見つけましたね！」

「それはよかった。安心したよ」

正直、俺としても、ここ以上に適した場所はないだろうと思っていたので、専門家にも太鼓判を押され、ホッとひと安心。

それから、俺たちでつくった建設予定図を見てもらった。そこには、現調査団のメンバーの希望が反映されている。

むろん、それらがすべて通るとは思っていない。

あくまでも希望という形で描いたのだが、

「これならばすべて叶えられると思いますよ」

まさかの全部ＯＫという返事に、イムとパトリシアから歓声があがる。

「よかったね、パトリシア。これで一緒の家に住めるよ」

「えぇ。……って、それはつまり先生とは暮らせないと⁉」

「あたしと一緒じゃ……嫌？」

「そ、そういう意味じゃないですよ！」

「ならよかった！」

「くっ……謀《はか》られた……」

何やら盛り上がっているパトリシアとイムを横目に、俺は建設予定図に改めて目を通す。

村でもっとも大きな建物は中央に建て、そこを調査団の詰め所として利用する予定だ。俺やカークたちといった、王国の騎士団関係者の住まいとしても活用していくつもりでいる。

村の未来を想像しながら建設予定図を眺めていた俺は、ある事実に気づいた。

「うーん……」

「どうかしましたか、先生」

唸っていると、クレールがやってくる。

「いや、こうして村の建設予定図を見ていると……島全体の地図と比べたら、狭い範囲だと思ってな。まだまだ調査できてない場所が多いなぁと思ったんだ」

「そうですねぇ……日帰りでの調査が基本ですから、あまり遠方には行けませんものね」

その指摘はもっともだ。

村の建設もだが、島の中に拠点を増やすことも考えた方がいいかもな。

しばらくして、周辺の環境を調査し終えると、村づくりに関してターナーから共同浴場や小川近くに水車を設置するなど、いくつか提案がなされた。

それを聞いていると、「やはりプロは違うなぁ」と感心させられる。

ターナーは周りの環境とこれまでの経験を照らし合わせ、今後、俺たちの村に必要となる施設などを次々に示していった——非常に的確で、俺たちだけでは気づけなかった点もいくつかある。

「ふぅむ……いや、なかなか面白そうな試みだな」

「ではオーリン先生、この通りに進めても？」

「ぜひ頼むよ」

「お任せください」

若きリーダーであるターナーはそう言って、早速職人たちのもとへ、決定した村の建設予定図を見せに走っていった。

俺はというと、決定した内容を伝えるためにみんなを集める。

「ターナーと協議した結果、まずは調査団の詰め所から始めていくと決まった」

「あそこにはたくさんの人が集まるでしょうから、当然ですね」

クレールがちゃんと意図を汲《く》んで説明してくれたため、イムやパトリシアたちにも詰め所からつくる理由はきちんと伝わったようだ。

それから可能な限り、俺たちも作業の手伝いをした。

特に力を発揮したのがジャクリーヌとルチアの魔法だ。

この場にいる職人は誰ひとりとして魔法を扱えない。そのため、重たい物でも軽く浮かせてしまうジャクリーヌの重力魔法や、土の質を変えることができるルチアの地属性魔法に、職人たちはとても驚いていた。

さらに、魔道具技師であるウェンデルは自身が持ち込んだアイテムを職人たちに提供し、それが大活躍。

「こんなに使い心地のいい道具は初めてだ！」

「それに頑丈ときている！」

「信じられない！」

「君は本当に天才だな！」

「いやぁ、それほどでもぉ」

製作したアイテムの数々を絶賛《ぜっさん》され、照れるウェンデル。

本人は「褒めすぎですよ」と謙遜《けんそん》しているが、そのセンスのよさは学園に入学した頃から片鱗《へんりん》を見せていた。ただ、剣術や魔法は苦手だったため、あまり周りからの評価は高くなく、俺が自分のクラスへ引っ張ると言った時は周囲から「正気か？」って反応をされたな。

だから、優れた魔道具技師となったウェンデルの姿を見ていると嬉しいな。

こうして、村づくりの作業は順調に進んでいった。

夕暮れになり、ターナーが終了を宣言したあとで進捗状況を確認したところ、「めちゃくちゃ驚

きですよ！　当初の想定よりずっと速いです！」と興奮気味に語ってくれた。

一応、明日は村づくりのための人材が到着したとパジル村へ報告に行くため、午前中は手伝えないが、戻ってきてからは今日のように全員での作業が可能だろう。

詰め所が完成して諸々管理できる体制が整ったら――長期的なラウシュ島の調査へ乗り出すとしよう。

ちなみに、今日はこのあとで職人たちの歓迎会を兼ねた宴会を開く予定だ。

実は、パジル村の人から「よかったらみんなで食べてくれ」といろいろ食材をもらっていたんだよな。

人も増えることだし、いずれ改めて、村の人との交流会も開きたいものだ。

「さて、残る問題は……」

賑やかに宴会の準備を始めるみんなを眺めつつ、俺の脳裏に心配の種が浮かび上がった。

ギアディスに残されたあのふたりは……大丈夫だろうか。

「頼むぞ、グローバー」

……そろそろ到着している頃か。

なんとか、うまくいってほしいものだな。

第5話　決断

その日、ブリッツはエリーゼに言われた通り、大聖堂を訪れた。

そこで彼を待っていたのは——

「!?　グ、グローバーさん!?」

「久しぶりだな、ブリッツ」

かつて、学園で先輩後輩という間柄だった、グローバーだった。

グローバーは、卒業後に別の国へ渡り、そこの騎士団に入ったという話は聞いていた。だが、なぜこの場にいるのかについては皆目《かいもく》見当もつかなかった。

と、そこへ——

「来たか、ブリッツ」

「司祭様……それにエリーゼも」

困惑しているブリッツを見て、グローバーは大きく息を吐いた。

「場所を変えようか。……あまり大きな声では言えないことを話したい」

「わ、分かりました」

学園時代の先輩であるグローバーの指示に従い、ブリッツたちは大聖堂にある応接室へ。

室内へ入ると、司祭はブリッツとエリーゼにソファへ座るように促す。それから、あちこちを魔力でチェックし、会話を盗み聞きされていないかどうか確認していた。

あまりにも念入りな対策をブリッツが訝《いぶか》しんでいると、対面のソファにグローバーが座る。そして、室内のチェックを終えた司祭とアイコンタクトを交わしたあと、ようやく口を開いた。

「何が起きているのか理解できていないだろうから、順を追って説明していく」

「よ、よろしくお願いします」

「まずは……オーリン先生について」

「⁉」

オーリンの名前を口にすると、ブリッツの顔色が一変した。

それまではどこか不安そうな表情をしていたが、それが消え失せ、引き締まった騎士らしい顔へ変わったのだ。

「オーリン先生は、君を心配していた」

「心配？」

「人一倍強い責任感と正義感を持つ君のことだ……今のギアディスのあり方に対して葛藤《かっとう》を抱いているのではないか、と」

「！」

「先生は先日のデハート襲撃が、ギアディスによるものではないかと予測していたんだが……」

グローバーが口にしたオーリンの見立ては、ズバリ的中《てきちゅう》していた。

「先生にはお見通しか……」

「やはりそうだったのか」

グローバーにそう言われ、ブリッツは思わず口をふさいだ。

学園時代の先輩とはいえ、今は違う国の騎士。そんな相手に、うっかり重要機密を漏らしてしまったのだ。らしくない凡ミスだが、逆にいえば、襲撃はブリッツにとってそれほど衝撃的な事件だったともいえる。

「先生は、君とエリーゼに正しい道を歩んでほしいと願っている」

続くグローバーの言葉に、ブリッツはハッと目を見開いた。

そして、同じく名前の出たエリーゼへ視線を移す。

少し俯《うつむ》き、どこか悲しげな表情をしているエリーゼを見て、ブリッツは彼女が自分と同じ思いを抱いたのだろうとすぐに察した。

「分かったようだね。……君たちも、ウェンデルやジャクリーヌのように、この国を出るんだ」

「この国を……」

「すでに国民の多くは出ていった。それにもかかわらず、騎士団や王族は次の奇襲作戦を立てるのに余念がない。……滑稽《こっけい》なものだ。盛り上がっているのは自分たちばかりで、すでに周りには誰もいないというのに」

「…………」

そう、現在ギアディスからは、国民のほとんどが脱出している。

つまりブリッツにとって、守るべき存在はもういない。

エリーゼもその事実を目の当たりにし、すでに国を出る決意を固めていた。

さらに、グローバーは続ける。

「エストラーダ王国は君とエリーゼを迎え入れる用意がある。それに君たちが望むなら、ウェンデルやジャクリーヌとともにオーリン先生が始めている離島調査の手伝いをしてもらいたい」

その言葉が決定打となった。

「……分かりました。俺も先生のもとに行きます」

ブリッツはギアディス王国を出る決意を固めた――が、

「しかし、もう少し待ってもらえませんか？　もちろん、先にエリーゼだけエストラーダ王国へ行ってもらって構いません」

「ブリッツ!?」

驚きの声をあげたのはエリーゼだった。

一方、グローバーはジッと自分を見つめているブリッツの強い眼差しに何かを感じ取り、「どうするつもりだ？」と尋ねた。

その言葉を受けたブリッツは、一度深く息を吸い込んで、それを吐き終えた直後に、自身の覚悟を口にした。

「聖騎士としての最後の責任を果たしてきます」

それだけを告げ、大聖堂をあとにしたのだった。

第6話　候補地巡り

正式に村づくりが着工したことを記念して、宴会が行われてから一夜が明けた。

職人たちは二日酔いの素振りを一切見せず、早朝から仕事を始めている。

「さすがはプロだな」

俺――オーリンは一人呟いた。

若いが、しっかりしていて熱意もあるターナーがまとめ役をしている影響だろうか。周りの職人たちもそれに引っ張られている感じだな。

彼らに村づくりと並行してお願いしたいのが、このラウシュ島の調査を行う際に必要となる拠点を増やすことだ。

俺は常々、しっかりとした家屋じゃなくてもいいので、島の数ヵ所に簡単に寝泊まりと調理、それから入浴ができる場所がもっと欲しいと考えていた。

広大な島をじっくり調査していくには、そういうものが必要不可欠になるからな。

ターナーと彼が率いる職人たちが来てくれたおかげで、一気にその実現が現実味を帯びてきた。

これも、彼らをこの島へ派遣できるようにいろいろと手はずを整えてくれたグローバーのおかげだな。今はエストラーダを留守にしているが、戻ってきたらきちんと礼を言わないと。

というわけで、今日はその拠点となる場所をどこにするか決めようと、ターナーと数人の職人を連れて候補地を巡る予定となっている。

道中にモンスターが出る可能性があるため、フルメンバーで出発するつもりだ。


「そ、それでは、よろしくお願いします」

出発を控《ひか》えて集まった際、ターナーは声を震わせ、ひどく緊張した様子だった。

「どうかしたのか？」

「す、すいません……こういうのは慣れているはずなのですが……いかんせん、これまで誰も立ち入ったことのない場所と言われると……」

よく見ると、同行する他の職人も緊張した様子。

無理もないか。

彼らは非常に鍛えあげられた肉体の持ち主だが、それは戦うためのものではない。

そこで、俺はジャクリーヌに認識阻害《そがい》魔法を展開してもらおう――と、思っていたら、

「では、魔除《まよ》けの効果を持つ認識阻害魔法を展開しておきますわ。これでモンスターからこちらの気配は悟られないので、ご安心を」

俺が提案をする前に、ジャクリーヌが気を利かせて認識阻害魔法を使用した。

「…………」

「……？　どうかしましたか、オーリン先生」

「いや、そんな風に人のために魔法を使えるなんてと、君の成長した姿に感激しているんだよ」

「っ！　お、大袈裟《おおげさ》ですわ！　わたくしだってそれくらいの配慮はいたします！　……確かに昔のわたくしなら、そのようなことはしなかったでしょうけど……」

「あぁ……確かにねぇ。あの頃のジャクリーヌはいろいろと大変だったよ」

「おだまりなさい、ウェンデル！」

相変わらずだなぁ、このふたりは。

……まあ、ウェンデルの話は決して嘘ではない。俺のクラスに入った当初のジャクリーヌは、他の学生たちと馴染《なじ》もうとしなかったからな。

俺から魔法を教わりたいという気持ちはあっても、誰かとつるむつもりは毛頭ない。まさに一匹《いっぴき》狼《おおかみ》という表現がしっくりくる。それが、出会った当初のジャクリーヌの印象だった。

それが……いつからかな。

気づいたらブリッツたちと普通に会話をするようになり、いつしかチームワークもバッチリ合うようになった。大人の知らないところで、子どもはしっかり成長しているのだなぁと感じさせられたよ。

まあ、他の三人が結構な世話焼きってこともあるんだろうけど。

「先生、準備が整いました！」

すぐ近くから聞こえてきたパトリシアの声が、俺を思い出から引き戻した。

「よし、それじゃあ、候補地を順に巡っていくとするか」

「は、はい」

認識阻害魔法があるとはいえ、ターナーはまだちょっと心配みたいだな。

とはいえ、ジャクリーヌ、ウェンデル、パトリシア、イム——この四人だけでも、戦闘力としては相当なものがある。

実際、ターナーと同じく非戦闘員であるクレールは安心しきっていて、まったく恐怖心というものを感じていない様子だ。

これで準備は万全だろう。

ということで。いざ、候補地巡りへ。

†

俺の考えでは、拠点は全部で五ヵ所、用意する予定でいる。

まずはその候補の中のひとつへ、ターナーと職人たちを連れてきた。

場所は大きな川付近。

パジル村からも距離が近く、以前、探索を断念した場所だ。

イムの父親であるセルジさんの話では、内陸に向かうほどモンスターが強くなるという。

島の真ん中にある大きな山へ向かおうとしたが、モンスターの妨害が原因で断念したことがあると、以前宴会の時に教えてくれた。

それならば、この島に来て最初に発見したダンジョンを通じて島の内部へたどり着けないかと動いてみたが、追加調査の結果、それも望み薄だと分かった。

つまり、この川を渡った先は完全に未踏《みとう》の地。

どうなっているのか、どんなモンスターが生息しているのか、何が起きるのか――まったく予想ができないため、ここに拠点を築ければ、重要なポイントとなるだろう。

「うーん……立地条件としては申し分なさそうですね」

ターナーは職人たちと一緒に、早速周囲を見て回っていた。

どこからモンスターが襲ってくるか分からないため、彼らの後ろにジャクリーヌとパトリシアとイムが護衛として同行している。

俺とクレールとウェンデルの三人は、まだ見ぬ未知の領域についての考察を話し合う。

「セルジさんの話では、この先には他よりも強いモンスターが出現するらしい」

「ラウシュ島へ来てから何度かモンスターと戦いましたが……先生からすると物足りない相手じゃないですか？」

話に加わってきたパトリシアの質問に、俺は苦笑いを浮かべながら答える。

「鍛錬する相手じゃないし、弱いなら弱いでそれに越したことはないよ。負傷するリスクが減るわけだしね」

戦って勝つよりも、そもそも争いにならない方がいい。

理想は、相手が力の差を理解して潔《いさぎよ》く身を引いてくれること。

本能剥《む》き出しで襲ってくるモンスターたちはなかなかそういう冷静な判断をしないが、差がありすぎるとさすがに撤退する奴もいるみたいだ。少なくとも、このラウシュ島にいるモンスターにはそれだけの知恵があるらしい。

そのためか、最近はモンスターとの遭遇率《そうぐう》がガクッと下がっている。

襲ってこないなら、こちらから仕掛ける理由もないからな。

奴らが大人しくしていれば、こちらもそっとしておくつもりだ。

と、そこへ、

「先生、ターナーさんたちは拠点づくりに取りかかるそうですよ」

クレールが駆け寄ってきて報告した。

「そうか。ならば、俺たちは少しこの先を調べてみるか」

「し、調べるのはいいのですが……どうやって？」

パトリシアが心配しているのは、幅の広い川をどう渡るのかということだが——それは俺が解決する。

「ちょっと待っていてくれ。——ふん！」

魔力を込めた拳《こぶし》で、水面を殴る。

すると、拳の触れた部分から反対の川岸までが、一直線に凍《こお》りついた。

「こんなところか」

「「さすが先生ですね！」」

ウェンデルとパトリシアはいつものことだというリアクションだが、初めて俺の魔法を見るクレールは驚きで固まっていた。

とりあえず、拠点候補地の護衛はジャクリーヌとイムのふたりに任せて、俺とパトリシアとウェンデルとクレールの四人で周辺の調査に乗り出すことにした。

果たして、強いモンスターは現れるのだろうか。

†

川の一部を凍らせて反対側に渡り、しばらく進む。

こちら側にも、鬱蒼とした森が広がっていた。

「本当に自然豊かですね!」

「……物は言いようだよねぇ」

純粋に感動しているパトリシアと、ちょっとうんざり気味のウェンデル。互いの性格がよく分かる。正反対の反応だ。

もしこの先の安全を確保できたら、ターナーたちにさっきの川に橋をつくってもらうように頼むかな。

それを実現させるためにも、この先の調査は重要な意味を持つ。

「今のところ、目立った変化はありませんね」

強いモンスターが出るという情報を知っていながら、パトシリアに臆《おく》した様子は一切見られない。

彼女の場合は、むしろ自分の腕試しができるかもしれないと意気込んでいる気配が見え隠れしている。

思えばパトリシアは、同学年の子たちよりも頭ひとつ——いや、頭五つくらい飛び抜けた実力の持ち主だった。そのせいか、実戦鍛錬の場ではいつも物足りなさそうな顔をしていたな。

それからは俺が鍛錬の相手を務めたが、最近はイムがいるのでその機会も減っている。

――今度、じっくりマンツーマンで鍛えてやるかな。

まあ、本人が嫌がるかもしれないけど。

「油断は禁物だよ。どこからモンスターが襲ってくるか分からないからね」

興奮気味なパトリシアに比べ、ウェンデルは落ち着いたものだ。

……そういえば、彼はいつもこうだったな。

普段は割と弱気なところを見せているが、緊迫した場面では途端に集中力が増すというか、落ち着いて行動できる。

逆に、普段冷静なブリッツは、戦闘が激しくなってくると感情の赴《おもむ》くままに行動するところがあるから、ちょうどいいバランスなんだよな。

パトリシアは昔のブリッツと似ている点も多いから、ウェンデルのサポーターとしての役割が存分に発揮できるはずだ。

ウェンデルも、アイテムを駆使することで、モンスター相手でも十分戦闘に参加することが可能だろう。

あとはこの場にいないふたり――島に慣れているイムも度胸《どきょう》と実力を兼ね備えているから心配無用だろう。ジャクリーヌは言わずもがな。

問題があるとすれば……ただひとり。

「クレール、大丈夫か？」

「えっ？　え、えぇ……」

完全に一般人であるクレールだ。

本来ならば、非戦闘員である彼女は置いてきてもよかったのだが……俺のそんな考えを先読みしたのか、無言のまま瞳を潤《うる》ませて訴えかけられてしまったんだ——「私もみなさんと一緒に調査へ行きます！」と。

そのやる気は買うが……さすがに、ちょっと厳しかったかな？

パトリシアとウェンデルは、非常事態が起きても対処は可能だろう。

なら俺がクレールの周辺を警戒し、彼女に危険が及ばないようにしないといけないな。

「クレールは、俺から離れないようにしてくれ」

「わ、分かりま」

「了解です、先生！」

「パトリシアじゃなくてクレールのことだよ」

「そうでしたかぁ……」

会話に割り込んできたパトリシアに言うと、一気に元気がなくなる。

うーん……あとできちんとフォローを入れておかないと。

まったく、年頃の女の子は難しいな。

さて、こうして森のかなり奥まで足を踏み入れた俺たちだが……そこでも、モンスターの気配さえ確認することはできなかった。

「おかしいな。セルジさんの話ではかなり強いモンスターがいると聞いていたが」

「強い弱い以前に、そもそも姿が見えないのが引っかかりますね……」

「どういうことなのでしょうか……セルジさんが嘘をついているとも思えませんし」

パトリシアとウェンデルが、そう言って困惑するのも無理はない。

事前に受け取った情報と現状があまりにも違いすぎるのだ。

「セルジさんが来た時と状況が変化している可能性もある。このまま辺りを探索していこうと思うが、引き続き警戒は怠らないように」

「「はい！」」

返事のタイミングがピッタリだな。

このふたり――案外いいコンビになるかもしれない。

「クレールははぐれないようにしっかりついてきてくれ」

「き、気をつけます！」

「大丈夫だクレール、君は必ず俺が守る。だから安心してほしい」

「オ、オーリン先生……」

「コホン。そろそろ行きますよ」

わざとらしい咳払いをしながら、パトリシアが俺とクレールの間に割って入る。

……またやってしまったようだ。

反省しつつ、俺たちはさらに森の中を調査していくことになった。


そして、さらに進むこと数時間。

「どうしたものか……」

思わず唸ってしまうような結果が待ち構えていた。

なんと――何も見つからなかったのだ。

事前情報として、かなり凶悪なモンスターがいるとのことだったが、影も形もなかった。

本当に強いモンスターがいるとすれば、対策を講じなければと思っていたが……これではどうすることもできないな。

「なぜモンスターの姿がまったく見えないのでしょう？　……オーリン先生はどのように考えていますか？」

「そうだな……」

クレールの質問に対し、俺は答えあぐねた。

というのも、原因究明に繋《つな》がりそうな手がかりひとつ、見つけられなかったからだ。

モンスターが姿を消すという事案は多くはないものの、ないわけではない。ただ、その理由については多岐《たき》にわたる。

何せ、相手はモンスターだからな。

詳細な生態も分からないし、他の動物のような帰巣《きそう》本能があるとも限らない。ハッキリ言って、不明な点が多すぎるのだ。

なので、以前はこの辺りで多く見られたモンスターが突然姿を消しても不思議ではないし、それに対して、特にこれといった理由があるわけではない――かもしれない。

だが、過去に目撃されたのは事実だろうから、警戒を怠らないようにしなければ。

「結局のところ、目立った成果はなかったわけか」

大きく息を吐いたあと、俺はみんなにそろそろ戻ろうかと提案する。

――と、その時、

「先生！」

突然、遠くから叫ぶ声が聞こえた。

あの声は――パトリシア？

そこで気づいたのだが、この場にパトリシアの姿がなかった。

どうやら、ひとりでもう少し奥まで足を運んでいたらしい。

「やれやれ、単独で動くのは危ないって言っておいたのにな」

呆れた様子のウェンデルをたしなめる。

「そう言うな、ウェンデル。パトリシアはいつも勝手に行動したりしない。きっと、そうしなければいけないような発見があったんだ」

あの子がこちらの指示を独断で破るなんてことは考えられない。一体どうしたというのか——俺たちは急いで声がした方向へ進む。

そして、たどり着いた俺たちが目の当たりにした光景は——

「うおっ⁉」

思わず驚きの声が出た。

ウェンデルやクレールも、声が出ないほどの衝撃を受けている。

「あっ！　先生！　こっちです！」

興奮状態のパトリシアが手招きしている。

そこは地下から溢《あふ》れ出る水で湿《しめ》った草原——いわゆる湿原《しつげん》だった。

「こんな場所があったとは……」

「新しい発見ですね！」

「ああ、そうだな。お手柄だぞ、パトリシア」

「ふふん！」

ドヤ顔で胸を張るパトリシア。

危うく手ぶらで戻るところだったから、これはいい土産《みやげ》になる。

今日はもう時間が遅いから、明日改めてこの一帯の調査へ乗り出そう。

もしかしたら、このラウシュ島の謎を解く大きなヒントが眠っているかもしれない。

ただ――

「ここ……なんだか嫌な感じがしますね」

実戦経験が豊富なウェンデルも、俺と同じく何かを感じ取ったようだ。

「そうだな。とりあえず、今日のところは一旦《いったん》引きあげよう。準備を整えて、イムやジャクリーヌとともに改めて調査をしよう」

「「はい！」」

元気いっぱいに返事をするパトリシアとウェンデルとクレール。

なんというか……いろんな世代の教え子が増えたなぁと変な実感が湧《わ》いてくるよ。

†

拠点周辺の探索を終え、新たに湿原を発見した俺たちは、辺りが暗くなる前に、川の手前で待たせておいたターナーたちのところへ戻ってきた。

するとそこに、ターナーの他に数人の人影を確認できた。職人たちが来ているのかと思いきや、新しく調査団に加わった騎士たち――カーク、バリー、リンダの三人だった。

「あっ！　オーリン団長！」

「どうして君たちがここに？　村づくりを手伝うはずじゃ？」

「す、すみません。いても立ってもいられなくて」

申し訳なさそうに答えるカーク。

彼の話によると、村に建設予定の調査団詰め所は、完成まで大方の見通しが立ったのだという。手すきになった彼らは、どうしても調査に出ていった俺たちのことが気になり、ここまでやってきたと説明をした。

「なるほど……その前向きな意欲は実に素晴らしいが、迂闊《うかつ》に行動すると大事に至る時もある。努々《ゆめゆめ》、忘れないように」

「は、はい。申し訳ありません」

三人の中ではリーダー格であるカークが謝罪すると、他のふたりも深々と頭を下げた。

ここまですまなそうにされると少し困るが……これに関しては、彼らのためでもある。

パトリシアやジャクリーヌのように、単独でも高い戦闘力を持つ者ならば心配いらないだろう――だが、彼ら三人の場合はそういうわけにもいかない。

イムとの出会いのきっかけになったモンスターのように、凶悪な存在がどこに潜《ひそ》んで狙っているか、分からないからな。

ただそうはいっても、仲間が増えることに対する純粋な嬉しさはあった。

彼らの協力は、あの湿原を詳しく調査する上で非常に心強い存在となるはずだ。

「ああ、おかえりなさい」

そんなことを考えていると、そう言いながらターナーがやってきた。

額《ひたい》に溜まった汗を見る限り、どうやら相当拠点づくりを頑張ってくれたようだ。

「途中から彼らが手伝ってくれましたからね。思っていたよりも作業は進みましたよ」

「それはよかった」

この島を調査するために夜を安全に過ごせる拠点――その完成は、想定よりも早くなりそうだ。


その日の夜。

みんなで夕食を食べながら、今日見つけた湿原の話も含めて、ターナーやカークたちに探索の成果を話した。

「湿原……ですか」

複雑な表情を浮かべたのは、騎士団三人衆のひとりであるバリーであった。

「何か心当たりでもあるのか？」

「ああ、いえ……実は騎士団の遠征で、大陸側にあるオラード湿原というところへ行ったことがありますが、そこでは泥の中に超巨大な蛇《へび》型モンスターが待ち構えていて、仲間が何人も襲われたんです」

「あっ！　その話、聞いたことがある！」

「俺もだ」

バリーの話に食いつくリンダとカーク。

騎士団の中じゃ有名な話らしい。

「その危険性は、こちらでも十分に考慮すべき点だな。ああいう場ではその手のモンスターがわんさかいても不思議じゃない」

「も、もし、そのようなモンスターと遭遇した場合、我々はどういう判断を？」

不安そうにしているカークの言葉に、俺は笑顔で答えた。

「そうなった場合は――とりあえず蹴《け》散《ち》らす」

「えっ？　け、蹴散らす？」

「ここにいるメンツならそれが可能だ」

この場には俺の他に頼れる教え子たちがいる。

正直、ワイバーンを単独で討伐《とうばつ》できるほどの実力があるジャクリーヌひとりでも、十分通用しそうだが。

「はっはっはっ！　頼もしい限りですよ！」

モンスターを蹴散らすという言葉に大爆笑するターナー。

一方、カークたちの表情には困惑の色が見える。

実際にモンスターとの戦闘経験がある騎士の彼らからすれば、楽観視はできないと見ているのだろう。

いくら噂で俺たちのことを聞いていても、実際に戦うところを確認したわけではないからな。賢い反応といえる。

……まあ、明日実際に湿原へ行ってみれば、俺の言葉の意味が分かる。

というわけで、ひとしきり盛り上がったあと、明日のこともあるため、早めに就寝することになったのだった。

第7話　湿原調査

日が昇り、湿原を調査する朝がやってきた。

今回のメンバーには、ジャクリーヌやイムもいる。

何が出てくるか分からない新しい場所――だから、俺たちは万全の態勢で臨むことにした。

ちなみに、ターナーたちが作業しているところはジャクリーヌの認識阻害魔法によって守られており、モンスターに怯《おび》える必要はない。

これで、なんの心配もなく調査に専念できるな。

「いよいよだな」

「気負うなよ、カーク」

「それはバリーも同じでしょ？」

「よ、余計なお世話だよ、リンダ」

エストラーダ王国から派遣された三人の騎士——カーク、バリー、リンダが小さい声で言い交わしている。

彼ら三人にとっては初めての本格的なラウシュ島探索だ。

聞くところによると、彼ら騎士団は、これまで遠征で何度か過酷《かこく》な環境下での鍛錬を実施しているという。ある時は強大なモンスターとも戦ったとか。

そうした経験があるのは実に頼もしい。

ただ過酷な鍛錬を積んでいるとはいえ、彼らもまだ若い。

気持ちに浮つきが見られる。

まあ、これぱっかりは経験を積んでもらうしかない。

黄金世代のふたりも、最初のうちはそうだったしな。

そのことを本人たちも理解しているのか、三人の騎士を見るジャクリーヌとウェンデルの目はどこか温かかった。

「わたくしたちにもあのような時代がありましたわね」

「うん。そうだね。……でも、彼らはオーリン先生考案の《超ハード鍛錬ツアー七泊八日》を経験していないから」

「あれを体験したら、もう生半可《なまはんか》な環境では何も感じなくなりますわ」

「同感」

遠い目で過去を振り返るふたり。

《超ハード鍛錬ツアー七泊八日》……か。懐かしいな。

ただ、あれはあくまでも初級編にすぎない。

本当は第二弾、第三弾と続くはずだったが、予算の関係で流れてしまった。今にして思えば、あの頃から学園長の態度は変わりつつあったな。

とはいえ、それはもう過去の話。

今の俺はエストラーダの人間であり、このラウシュ島の調査団の団長を務めている身だ。

それに、教え子のふたりは立派に成長したしな。

その証拠に、のんびり構えているように見えるが、決して気を緩めているわけではない。常に辺りを警戒し、どのような状況でも万全な対応を取れるようにしている。

あの頃の鍛錬ツアーで培《つちか》った経験が生きているようだな。

そんなたくましく成長したふたりを見ていると……やはり、ブリッツとエリーゼのことが脳裏をよぎる。

きっと、あのふたりも立派に成長していることだろう。

気がかりなのはギアディスの動きだが……まだ、グローバーからこれといって連絡はない。

今はただ待つのみ、か。

「先生！　そろそろ行きましょう！」

「……そうだな。出発しよう」

「……？　先生、何かあったんですか？　なんだか元気がないようですけど……」

パトリシアが、不思議そうに尋ねてくる。

「ははは、心配いらないよ」

「ほ、本当に大丈夫なんですか？」

「何も問題はないよ」

パトリシアの頭を優しく撫でる。

パトリシアは、俺との付き合いが誰よりも長いからな。

こちらの些細《ささい》な変化にもよく気づく。

……この子は、きっともっと強くなれる。

わざわざ学園を飛び出してまで俺に同行してくれたのだ。

学園にいた時——いや、それ以上にしっかりと鍛えてやらないとな。

「パトリシア。気を引き締めていくぞ」

「はい！」

いつも通り、パトリシアは気合十分だ。

俺も負けないようにしないと。

ところが、改めてみんなに出発することを伝えたら、ある異変が——

「「「分かりました、オーリン先生！」」」

なぜか、騎士団三人衆からも先生呼びされるようになってしまっていた。

……やれやれ。

調査団なら「団長」と呼ばれた方がしっくりくるが……まあ、これはこれで呼ばれ慣れているからいいのかな。

†

こうして川を渡り、森を進むこと、数時間。

新しいメンバーと一緒に、俺たちは湿原へたどり着いた。

ここに何が眠っているのか——調査の結果次第では、今後の活動方針に大きな影響が出てきそうだ。

「モンスターの気配はなさそうですね」

「油断は禁物だよ、カーク」

「無論だ、バリー。リンダも分かったな？」

「私は最初から警戒心全開だけど？」

そんな風に言い交わす、騎士三人組。

初めての本格的な調査とあって興奮気味みたいだな。

冷静さを保とうとしているが、浮き足立っているのは目に見えて明らか。

こういうのはなかなか気持ちの切り替えが難しいんだよなぁ……特に、彼らのような若い子は。

ジャクリーヌとウェンデルはその気配をすでに察知しているようで、三人のフォローへ回れるように気を配っている。年齢はそれほど違わないが、そこは場数の違いってヤツだろう。

これもあの鍛錬ツアーの効果かな。

とりあえず、新入りたちは、ふたりに任せておけば問題ないだろう。

俺としては、パトリシアとイムとクレールのフォローで手いっぱいになりそうだから助かるよ。

周囲への警戒を怠らず、俺たちは湿原の中を進んでいく。

「お、おぉ……」

「なんというか……これまでに経験のない気配が漂っているな」

「ほ、本当に……」

カーク、バリー、リンダの三人は早速この雰囲気に呑《の》まれ始めていた。

無理もない。

パトリシアやイムでさえ、足取りが重くなっている。クレールに至っては俺の背中に張りついたままだ。

昨日からの流れを思い返すと、このような行為に及べば、パトリシアが文句のひとつでも言ってきそうなものだが……静かにしているということはその余裕すらないようだ。

一方、ジャクリーヌとウェンデルはさすがで、冷静そのもの。

心が弱っているとどれほど悪影響があるか……ふたりはよく分かっている。

どのような状況においても弱気にだけはなるなと教えた成果が出ているな。

それでこそ、咄嗟《とっさ》の事態にも冷静な判断を下せるというものだ。


こうして、しばらく歩いていると――

「おっと」

足元にぬかるみが――

どうやら底なし沼のようだ。

「せ、先生……足下が!? ど、どうしましょう!?」

「うーむ……ダメだ。抜け出せそうにない」

そう答えると、クレールが悲鳴をあげる。

「え、えぇっ⁉」

動揺を隠せないクレール。

それはそうだろう。

俺が底なし沼にハマっているということは、すぐ後ろの彼女も同様にハマっていることになる。

「ど、どどど、どうしたらいいんですか⁉」

「そう慌てるな……ふん！」

焦《あせ》っているクレールをなだめつつ、俺は魔力をまとった拳で底なし沼を殴る。

次の瞬間、拳の触れた部分から沼は凍りついていった。

「あとは周りを砕いて抜け出せばいい」

「お手伝いしますわ」

「僕も」

「すまないな、ふたりとも」

ジャクリーヌとウェンデルの協力もあって、俺とクレールは無事に沼から抜け出した。

その様子を眺めていたパトリシアとイムは飛び上がって喜んでいる。

「さすがは先生です！」

「さっすがぁ！」

俺の魔法、見慣れていると思うんだけどなぁ……いつも新鮮なリアクションをくれる。

ちなみに、その横では騎士三人が口をあんぐりと開いて呆然としていた。

「まあ、こういうこともあるから気をつけるように」

「「「は、はぁ……」」」

カークたち三人にそう伝えたが……あまりピンと来ていないようだ。

念のため、もう一度言っておこう。

「どのような事態に陥《おちい》っても決して慌てるな。困ったら必ず俺を呼べ。地の果てにいても駆けつける」

「「「はい！」」」

うん。

今度はしっかり伝わったようだな。

気を取り直して、湿原を進んでいく。

すると、向こうに何かが見えた——が、それはあまりにも不自然なものだった。

「……どういうことだ？　なぜこんなところにテントが？」

ボロボロになったテントだった。

「テントって……一体誰がこんな物を？」

「パジル村の人もテントは使っていたけど……明らかにそれとは異なる材質ですね」

ジャクリーヌとウェンデルがテントに近づき、チェックしていく。

テントは周辺にも散乱しており、他のメンバーでそれらを回収していった。

「ウェンデル、このテントがいつ頃使用されていたか、判断がつくか？」

「この手触りからして……おそらく、南方に生息しているガナウという動物の毛皮を加工してつくった物でしょう。しかし、そのガナウは現在保護動物に認定されていて、捕獲は厳重に制限されています」

「ということは、保護動物に認定される前に作られた物か」

「認定されたのは今から十五年前ですね」

「なるほど」

ウェンデルの豊かな知識により、このテントが少なくとも十五年以上前からここにあったということが判明した。

「先生が発見したという、例の難破船に乗っていた船員の持ち物だとは考えられないでしょうか？」

「……俺もその可能性が高いと見ている。他の持ち物から何か手がかりが掴めないか？」

難破船がこのラウシュ島へやってきた目的が掴めれば、その正体に近づける。

――そう思ったのだが、

「ふむ……人物の特定に至る品は見つからないか」

周辺に落ちていた物は、雨風に当たっていた影響で、どれもボロボロになってガラクタも同然であった。

以前、難破船の中で見つけたレゾン王国出身のオズボーン・リデアという人物に関する情報があればと思ったのだが……

ただ、この島に上陸した人物が、この湿原にも足を伸ばしていたことは発見だったな。

今のところは、これでよしとするしかないか。

——と、その時だった。

「あれ？」

ウェンデルが何かに気づき、ガラクタの中からある物を取り上げる。

それは——一枚の硬貨だった。

「その硬貨がどうかしたのか？」

「……これ、かなりレア物ですよ」

「レア物？」

その場にいた全員の視線が、ウェンデルの持つ硬貨へ注がれる。

「これはレゾン王国の通貨なんですが、わずか一年しか流通しなかった物なんです」

「一年間だけ？　なぜだ？」

「使用していた材料の入手が困難になったからです」

……だとしたら、この島に来た者が上陸した時期を特定できるかもしれない。

「他にも何か手がかりがあるかも……うん？」

俺がさらなるヒントを求めてガラクタを探っていると、今度は折れた剣が目にとまった。

おそらく、折れたのはモンスターとの戦闘が原因だろう。

「ど、どうかしたんですか、先生」

「その剣はもう使えないよ？」

パトリシアとイムが不思議そうにこちらを眺めている。

だが俺がこの剣を拾ったのは当然、武器として使うためじゃない。この島へ来た者の上陸時期を特定するためだ。

俺が注目をしたのは剣の柄《つか》の部分。

もしかしたら、という希望を持って調べてみると、

「……！　やっぱりあったか」

柄の下の部分には番号が刻まれていた。その番号を見ていると、クレールが不思議そうに尋ねてくる。

「その番号って、なんですか？」

「これは騎士に振り当てられる識別番号だよ。この番号を問い合わせれば——こいつの持ち主が分かるはずだ」

そこからさらに詳しい情報が発覚すれば、何を目的にこの島へ来たのか判明するかもしれない。

——と、その時、

「!?」

強烈な気配が、背後から迫ってくるのを感じた。

「このタイミングでおでましか」

振り返った直後、湿った大地を突き破り、モンスターが出現した。

デカい。

モンスターを目にした俺の感想はそれだった。

「シャアアアアアアアアアッ！」

湿原の中から姿を見せたのは蛇型のモンスター。それもかなり大きい。軽く二十メートルはあるだろうか。


「「「なっ……!」」」

呆気に取られる騎士三人をよそに、ウェンデルとジャクリーヌは涼しい顔だ。

「蛇かぁ……ブリッツがいたら喜ぶだろうね」

「彼は蛇が大好物ですものね」

「僕も嫌いじゃないから、今晩のおかずにどうでしょうか、先生」

「よしなさいな。あれだけ大きいと、大味で美味《おい》しくないわよ」

「そうかなぁ」

「いくらブリッツが味覚以外完璧な男であっても、さすがにアレは不味《まず》いと言うんじゃないかしら。彼の舌に合うとは到底思えませんわ」

ちゃんとブリッツの味覚を把握しているんだな、ジャクリーヌ。

ウェンデルもそれに気づいたのか、口に出さなくてもニヤニヤしながら見つめている。

「というか、わたくし蛇料理は苦手だということを忘れてない？」

「あれ？　そうだっけ？」

「ふたりともどうしてそんなに呑気《のんき》なんだ!?」

カークが大声で訴えかけてくる。

パトリシアとイムは、大蛇《だいじゃ》を見上げて話し込んでいる。

そのふたりの背中に隠れているのはクレールか。まあ、非戦闘員だから仕方がない。

「あ、ああ、あんな大きな蛇が出たんですよ!?」

「すぐに逃げましょうよ！」

バリーとリンダもすっかり取り乱してしまっているな。

「そう慌てる必要はない。そうだな……イム」

「何？」

「鍛錬の成果を見せてくれないか？」

「任せてよ、先生！」

満面の笑みを浮かべて、イムが大蛇と対峙する。

「だ、大丈夫なんですか、オーリン先生！」

「問題ない。それに、何かあったら俺が助ける」

カークは心配しているが、正直、初めてイムと出会った時に遭遇したカメ型モンスターの方がずっと厄介だろう。

あっちに比べたら、甲羅《こうら》もない大蛇などイムの相手ではない。

それに……今回、彼女にはある武器を持たせていた。

「いっくよぉ！」

イムが手にしているのは——剣だった。

「か、彼女は剣士だったんですか？」

「いや、実戦では今日初めて扱う」

「えぇっ⁉」

バリーが驚くのも当然か。

仮にイムが騎士団の人間だったら、こんなぶっつけ本番みたいなことはしないだろう。

ただ……以前から彼女の剣士としての才能には注目していた。

だから、格闘術以外に剣術も同時に教え込んでいた。

……というより、ここ最近はずっと剣術指南《しなん》ばかりだったな。

何より、本人が剣術にのめり込んでいたし、その資質は間違いなく一級品だ。

ブリッツの不在が本当に惜しまれる……もしこの場にいてくれたら、きっとお互いにとっていい刺激となっただろう。

しかし、緊張なんて言葉とは無縁《むえん》とばかり思っていたイムだが、さすがに初めての剣での実戦ということで珍しく硬くなっているようだな。

「イム！　落ち着いていけ！」

「う、うん！」

イムを励ますと、リンダが心配そうに聞いてくる。

「ほ、本当に大丈夫ですか？　あの子だけで戦うなんて……」

「心配はいらないよ、リンダ。いざとなったら助けに行く」

リンダを含む騎士団三人衆は不安げに見守っているが……心配ない。今のイムならば問題なく蹴散らせるはずだ。

パトリシアとウェンデルとジャクリーヌの三人も黙って見つめていた。

クレールも三人ほどではないにしろ、イムの勝利を信じているように見える。

「やあっ！」

イムは勇ましい掛け声とともに駆けだした。

それに気づいた大蛇は、彼女を丸呑みにしようと大きく口を開き、毒液の滴《したた》る四本の牙《きば》を剥き出しにして襲いかかる。

だが、イムはまったく怯《ひる》まない。

これまでの鍛錬で積み重ねてきた自信が、体を軽やかに動かしている。

迫りくる大蛇の牙をサッとかわすと、目にもとまらぬ速度で剣を振りぬく。

おそらく、斬られたという実感がないのだろう。大蛇はなおもイムに襲いかかろうとしたが、次の瞬間――その頭部が宙を舞った。

「「「えぇっ!?」」」

この結果に、もっとも大きなリアクションを見せたのは騎士団三人衆。

剣術の「け」の字も知らなさそうなラウシュ島民であるイムが、騎士団長クラスの実力を持っていなければ斬れそうもない大蛇を一瞬にして倒したのだ。

大蛇を倒し、イムが意気揚々《いきようよう》とこちらへ戻ってくる。

「やったよ、先生！」

「あぁ、見事だった」

以前パトリシアにしてやったように、戻ってきたイムの頭を撫でながら、今の戦闘におけるよかった点と悪かった点を告げた。

「なるほどぉ……さすが先生！」

素直に俺のアドバイスを受け入れるイム。

彼女は学習能力が高い。

次に戦う時は、もっと早く決着がついているだろう。

ちなみにその後――イムの実力を目の当たりにした騎士団三人衆から「我々にもご指導をお願いします！」と土下座された。

島の調査の責任者である俺としても、戦力強化に繋がるならば喜んで教えようと思う。

†

こうして、湿原での調査を終えた俺たちは、ターナーが建設中の拠点に戻ってきた。

「戻ったぞ」

「おかえりなさ――いっ⁉」

職人のリーダーを務めるターナーは、帰ってきた俺たちを見るなり驚きの声をあげる。

無理もない。

何せ今日のディナーの食材として、襲ってきた大蛇を輪切りにし、それをみんなで抱えているからな。

「そ、それ、どうしたんですか⁉」

「今日の晩飯だ」

「ひょっとして……蛇ですか？」

「そうだが？」

「毒とか大丈夫なんですか？」

「問題ない。——きちんと毒抜きはしてある」

「もともとは、毒あるんですね⁉」

こういうサバイバル料理が初めてらしいターナーは動揺を隠しきれていない。

屋敷を手掛けている職人たちには「美味《うま》そうっすね！」と好評だった。彼らはここよりもずっと過酷な環境で仕事をしてきた経験があるらしいから、耐性を持っているのだろう。

それに比べると、ターナーは若い。

しかし、技術と知識は間違いなく超一級品だ。

これから場数を踏んでいけば、もっと成長していけるだろう。

「拠点の進捗状況はどうだ？」

「順調です。あと十日もすれば完成しますよ」

「さすが、仕事が早いな。ドワーフ族も顔負けだ」

「ドワーフ族……」

うん？

ターナーの顔が少し曇ったな。

……もしかして、触れてはいけないワードだったか？

「すまない。気分を害するようなことを言ってしまったようだな」

「い、いえ、違います！　僕にとってドワーフ族の職人は憧れそのものなので、恐れ多いというか……」

なるほど……そういう理由だったのか。

「ドワーフ族……わたくしもお会いしたことがありませんわね。同じ技術職のウェンデルならば……」

ジャクリーヌの言葉を、ウェンデルが遮《さえぎ》る。

「いや、僕だってないよ。そう簡単に会える種族じゃないしね」

ウェンデルの言う通りで、人間とドワーフ族は敵対関係というわけではないものの、積極的に交流がある種族でもない。

リンダのような獣人族は、昔から人間と密接に関わりを持ってきた。しかし、ドワーフ族をはじめとする一部の種族は、人間とは疎遠《そえん》だ。

エルフ族もあまり人間と交流はないな。

エリーゼはハーフエルフだが、彼女自身、純血至上主義であるエルフ族自体と交流はないと言っていた。エリーゼもパトリシアと同じで、両親を亡くしてから施設に入っていたからな。

そんな中、島で生まれ育ったイムはずっと不思議そうに首を傾げていた。

「ドワーフ？　エルフ？」

「イムは知らないのか？」

「うん。初めて聞いたよ」

そうか……そういえばイムは自分と同じ人間でさえ、島民以外の者は知らなかったんだよな。獣人のリンダを見た時もかなり驚いていたし。エルフやドワーフを知らなくても当然だ。あとでしっかり教えておかないと。

それから、俺たちは持ち帰った蛇の肉をより食べやすい大きさに切り分けると、それを事前に持ち込んでいた山菜と合わせて串に刺し、火でじっくりと焼き始めた。

調理中、俺はふと気になってあの硬貨を取り出した。

発行された年代が限定されているようなので、これをグローバーに調べてもらえばあの難破船がここへ来た時期が分かるはず。

「あれ？　珍しい物を持っていますね」

硬貨を眺めていると、ターナーがそう声をかけてきた。

「湿原にあったボロボロのテントの中に落ちていたんだ。というか、この硬貨を知っているのか？」

「ええ。実はこういう古い硬貨をコレクションするのが密かな趣味なんです」

そんな趣味があるとは……世界は広い。

ただ、今はターナーがその趣味を持っていたことに感謝をしないといけないな。

「じゃあ、もしかしてこれと同じ物も持っているのか？」

「はい。専門の店で購入して——あれ？」

俺の手の中にある硬貨を眺めていたターナーが声をあげた。

「どうかしたか？」

「この硬貨……ちょっと変ですね」

「変？」

コレクターであるターナーだからこそ気づけた違和感。

もしかしたら、それが大きなヒントになるかもしれない。

「どこが変なんだ？」

ターナーに尋ねると、彼は硬貨に刻まれている模様を指さした。

「硬貨を彫って描かれている女性の顔なんですが……変ですね。僕には見覚えがないです」

「何？」

ターナーによれば、湿原の硬貨のデザインは、一般に流通していた物とは異なるらしい。

「ただでさえ流通していた期間が短いのに、そこまで絞り込めたら……」

そう言って期待の眼差しを向けているのは、いつの間にか俺たちの話の輪に加わっていたクレールだった。

相変わらずの好奇心というか……目をキラキラ輝かせながら、俺の持つ硬貨を見つめている。

さて、気を取り直して――

「デザイン違いということだが、どうしてそんなことになったのか……どういう理由が考えられる？」

「僕でも見覚えがないということは、デザイン自体が一新されたわけではないでしょう。もっとこう……なんらかの理由で、一時的に変えられたという線が濃厚だと思います」

「一時的に、か」

だとすると、おそらく……

「これは……記念硬貨の類じゃないか？」

「!?　ぼ、僕もそう思っていました！」

大きな声で反応するターナー。

やっぱり、そうなってくるか。

「あまり市場に出回っていないところを見ると、ごく少人数へ向けて配られた物だと思います」

「もしかしてこの硬貨、公《おおやけ》にはなっていないのかもしれないな」

とりあえず明日にでも大陸へ渡り、硬貨をグローバーに預けてこよう。

そろそろ例の件の進捗状況について聞きたいと思っていたし、ちょうどいい。

ちなみに例の件とは――ブリッツとエリーゼのことだ。

未だにギアディス王国へ残っているあのふたりは、ウェンデルやジャクリーヌと違って自由に身の振り方を決められない立場にいる。

それに苦しめられているのなら、手を差し伸べたいと考えていた。

その考えはグローバーに伝えてあり、彼からエストラーダ国王へも話が通じている。

もはや止まる気配のないギアディスの暴走に巻き込まれ、取り返しのつかない状況となる前に、なんとかふたりをこちら側へ迎え入れたかった。

あのふたりは真面目すぎるから、ギアディスに対する忠誠心を捨てきれないでいる可能性も高い。

だがエストラーダ王国騎士団から入った情報によれば、すでにギアディス国内からは多くの国民が脱出し始めていて、地方はほとんどもぬけの殻と化しているらしい。

……いざとなれば、俺自身が再びギアディスに乗り込むという選択肢もある。だがそうなってしまえば、向こうも黙っていないだろう。

となると……俺が今身を置いているこのエストラーダ王国にも多大な迷惑がかかる危険性があった。

そのために、グローバーに働きかけてもらい、その結果待ちという状況なのだが……もどかしい限りだ。

「大丈夫ですか、オーリン先生」

懊悩《おうのう》する俺に声をかけたのはクレールだった。

さっきまでの好奇心に満ち溢れた顔つきから一変し、不安げにこちらを見つめている。

「問題ない。ちょっと、昔の教え子たちのことを考えていたんだ」

「ギアディスに残っているというふたりですね」

「あぁ……なんとか、こちらに合流できればいいのだが」

星空を見上げながら、俺は呟く。

どうか、ここから先は事態が好転してほしい――そう願いを込めながら。

第8話　王国議会にて

ギアディス王国最高議会。

ここは主に、騎士団の活動だったり、法の整備だったりと、国政に関わる重要な案件を話し合う場所だ。

この日、その最高議会に召集《しょうしゅう》されたのは――ブリッツだった。

「なぜここに呼ばれたのか……理由は分かっておるな？」

そう口にした議長が見つめる先に立つ、ブリッツ。

険《けわ》しい表情をしつつ沈黙を守り続ける彼に、業《ごう》を煮やした議長は何かを諦めたように「ふぅ」と息を吐き、勝手に話を進めていく。

「三日前、貴公は騎士団団長から下された命令に背《そむ》く規律違反をした。それだけでなく、多くの騎士がいる場で我々の行動を批判したそうだな？」

「その通りです」

それまで黙っていたブリッツは、悪びれる様子もなく毅然《きぜん》とした態度で告げた。

これには、議会へ出席している者たちもさすがに驚く。

圧倒的な実力と模範的な騎士道精神を兼ね備えたブリッツ。これまで、およそ反抗という言葉からは縁遠かった彼が、真っ向から自分たちを否定してきたのだ。

議場はまともに進行できないほどざわつき始めたが、議長が「静粛《せいしゅく》に！」と何度か叫ぶことでようやく静けさを取り戻した。

しかし、すべてが終わったわけではない。

ブリッツの反抗的な態度は、今も続いている。

議長は「ゴホン」と咳払いを挟んでから口を開く。

「……自らの行いを自覚しているのならば、それ相応の罰《ばつ》が与えられることも当然覚悟しているのだな？」

「はい。――覚悟しています」

あっさりと認めたブリッツ。

その潔さに、議長は違和感を覚えた。

あまりにも淡々としすぎている、と。

不自然な態度に議長が困惑していると、その様子を嘲笑《あざわら》うかのようにブリッツは高らかに宣言する。

「今回の件を受け――私は騎士団を辞めるつもりでいます」

「なっ⁉」

議長の驚きの声が響くのと同時に、議場もざわつきに包まれる。

騎士団の若きエースであるブリッツの退団宣言。

これから各地へ侵略戦争を仕掛けようとしているギアディスにとっては、これ以上ない痛手となる。

「ど、どういうつもりだ！」

議会に出席していた騎士団幹部が、大声をあげてブリッツへ詰め寄る。

「今言った通りです。私は今日をもって騎士団を辞めさせていただく」

「バカな！　国民の期待を裏切る気か！」

「国民の期待？」

何を言っているんだと言わんばかりに、ブリッツは大きなため息を漏らしたあとでゆっくりと話し始めた。

「この国の民が今どのような状況にあるのか、あなた方はまったく把握しておられないようですね」

「な、なんだと⁉」

議場は騒然となる。

この場にいるほとんどの人間が、ギアディスの現状を何も分かっていないのだ。

「すでに国民の多くは他国へ移住し、国内は空っぽに近い。こうしている今も、たくさんの民がギアディスから逃げ出している。そんなことも知らないで、他国へ戦争を吹っかけようというのだから滑稽きわまりない」

ブリッツがそう告げると、騒ぎはいっそう大きくなる。

ブリッツは、喧々囂々《けんけんごうごう》で収拾がつかなくなりつつある議場を眺めながら、もう一度大きなため息をついた。

危うく、自分は後戻りのできないところまで踏み込むところだった——そう考えながら。

困っている人たちを守るために強くなると誓《ちか》った——が、ここにいてはその誓いはいつまで経っても果たされることがないだろう。

背を向けて議場をあとにしたブリッツを気にとめる者はいなかった。

今はそれよりも、彼が口にしたことが事実なのか確認することに精一杯といった状況に陥ったからだ。

議場の外へ出たブリッツの視界に飛び込んできたのは——彼の行く手を阻《はば》むようにして立つひとりの少年だった。

「カイル・アリアロード……」

待ち構えていたのは、ブリッツが騎士団を退団するきっかけをつくったカイルであった。

不機嫌《ふきげん》そうな表情を浮かべたカイルの背後には多くの騎士がいて、何やら物々しい雰囲気が漂っている。

「まさかとは思っていたが……本当に辞めるとは」

「これが俺の決断だ」

「はん！　師が師なら、教え子も教え子だな！　どうにも救いようがない！」

「……言いたいことはそれだけか？　ならば、失礼させてもらう」

構ったところで何もないと判断したブリッツはその場を立ち去ろうとしたが、カイルはそれを許さない。

「待てよ。ここを辞めてどこへ行く気だ？」

「話す必要はない」

「困るんだよなぁ……勝手なマネをされると」

カイルはそう言うと、腰に携《たずさ》えていた剣を抜いた。

その動作に合わせて、背後にいる騎士たちもまた剣を抜いて臨戦態勢となった。

「史上最年少で聖騎士の称号を得たらしいが……これだけの数の騎士を相手にして、無事にここを突破できるかな？」

数で圧倒しているためか、カイルはすでに勝ち誇《ほこ》ったような顔をしている。

合計で約三十人。

対して、ブリッツはたったひとり。

普通の感覚であれば勝ち目はないように見える——が、すでに勝負はついていた。

「そんな武器でこちらと戦う気か？」

「何を言って……っ⁉」

ブリッツが口にした「武器」という言葉に反応して視線を手元へ移した瞬間、カイルは戦慄《せんりつ》した。

さっきまでは何事もなかった剣が、今は折れて使い物にならなくなっている。

カイルだけではない。

彼の背後に立つ他の騎士たちの剣も同様に折れていた。

「バ、バカな……おまえがやったのか⁉」

「俺以外に誰がこのようなマネができると？」

カイルや騎士たちはその凍《こご》えるような眼光に射抜かれて何も言い返せない。

この場の誰もが認識できないほどの恐ろしいスピードで、ブリッツが全員の剣をへし折った——

カイルたちには、にわかには信じがたい。だが、それ以外にこの現象を説明できなかった。

それを理解した時、その場にいたすべての者が心の底からブリッツの実力に震え上がり、完全に戦意を喪失《そうしつ》してしまった。

脱力して、へたり込むカイルたちの様子を見届けたブリッツは、彼らのすぐ横を通り、何も語ることなく静かに立ち去った。

つい先ほどまではブリッツを捕《と》らえようと息巻いていた者たちは、その実力差をまざまざと見せつけられ、すっかり戦意を失っていた。まともに正面からぶつかったところで、勝ち目はないと悟ったのだ。

ブリッツが議場の建物から外へ出ると、またも彼の到着を待つ者がいた。

大きな旅行バッグを持ったエリーゼだ。

「随分と大荷物だな」

「あら、女性の長旅には必要な物が多いのよ」

「なるほど。覚えておこう」

「ぜひそうしてちょうだい。——さあ、向こうで迎えの馬車が待っているわ。手はず通り、あなたの荷物も積み込み済みよ」

「あぁ、感謝する。……じゃあ、行くとするか」

ふたりは肩を並べて歩きだした。

目指すは恩師オーリン、そして親友であるウェンデルとジャクリーヌが住む地——エストラーダ王国だ。

第9話　久しぶりの大陸

湿原の調査を終えた、翌日。

俺——オーリンは、ラウシュ島から大陸へ渡り、久しぶりにエストラーダ王国を訪れることにした。

理由はもちろん、例の硬貨に関する情報収集のため。

「留守の間、よろしく頼んだぞ」

「「「はい、先生！」」」

カークとバリーとリンダの騎士団三人、それにウェンデルとジャクリーヌを加えた五人には島に残り、村づくりをしているターナーたちの警護をするようお願いした。

大陸へ渡るのは俺、パトリシア、イム、クレール、さらにルチアとドネルを加えた計六人だ。

ルチアとドネルに関しては、ふたりとも戦闘経験がないということだったので、昨日の湿原調査では留守番となっていた。だが今回は王都での仕事になる。ここらで本領を発揮してもらおう。

ラウシュ島とエストラーダ王国の間の海域では、特定の時間だけ引き潮が起き、海が割れて砂の道が姿を現す。

そうしてできた潮の道を通って大陸側へたどり着くと、俺たちは早速王城を目指した。

その時、港の異変を感じて足を止めた。

「む？」

「どうかしましたか、先生」

そんな俺の様子を不思議に思ったのか、クレールが尋ねてきた。

「いや、なんだか前に来た時よりも、王都に人が増えたなぁと思って」

「言われてみれば……」

クレールは俺の言葉を聞いてから辺りを見回し、人が増えていることに納得したらしい。

ドネルやルチアも、同じような反応だった。

「たまたま今日が賑わっているのか、それとも何か理由があるのか……」

「うーん……特別なお祭りの日というわけではないですし、偶然ではないでしょうか」

「まあ、何事もないなら、それに越したことはないんだけど」

クレールと話していると、遠くから声がする。

「先生ぇ？　クレールさぁん？　どうしたんですかぁ？」

声の方を見ると、手を振って俺を呼ぶパトリシアの姿があった。

「すまない。今行くよ。よし……行こうか、クレール」

「いいんですか？」

「見たところ、不穏な感じはないようだし、君の言うように偶然だろう。一応、城にいるはずのグローバーに何かなかったか聞いてみるさ」

彼ならこの盛況が一時的なものか、それとも別の理由があってのことなのか、きっと分かっているだろう。それに……例の硬貨を一刻も早く届けたいという気持ちもあるしな。


港から歩いてそれほど離れていない位置に、エストラーダ城はある。

王城に到着した俺たちは、いつも通りに門番たちへ声をかけ、中に入れてもらう。

王都からラウシュ島の調査へ参加しているルチアとドネルがいるため、これまで以上にすんなりと通してもらえたな。門番は交代制だから、未だに俺の顔と名前をハッキリ覚えていない兵士もいるんだ。

城内へ入ると、早速グローバーへ諸々の報告するべく、彼の執務室《しつむしつ》を訪ねた。

「おぉ！　お待ちしておりましたよ、先生！　それにみんなも！」

何やら興奮気味のグローバー。

いつも割とテンションは高い方だが、今日は特に楽しそうというか、浮かれているように見える。

「ど、どうしたんだ？」

「実は、つい先ほど大変嬉しいことがあったんです！」

「嬉しいこと？」

グローバーがここまで興奮するなんて……一体何があったんだ？

「君がそこまで声を大きくして喜ぶとなると……さては連れ添う女性が見つかったのか？」

「ち、違いますよ！　俺にはまだそのような相手など……」

動揺するグローバー。

この反応だと、結婚相手や恋人とまではいかないが、気になる相手がいるにはいるようだな。

そういった成長も、元教師としては嬉しいものだ。

おっと、話が逸《そ》れたな。

「なら、何がそんなに嬉しいんだ？」

「それが……ブリッツとエリーゼのふたりがギアディスを出てこの国へ向かっているようです」

「なっ!?　本当か!?」

……確かに、それはとても喜ばしい報告だ。

「ついに決心してくれたか……よかったよ」

俺は安堵《あんど》のため息をつく。

ようやく――ようやく彼らはギアディスから解放されるのか。

もし、例の侵略行為をした軍勢がギアディスで、ふたりが抜け出せないまま大規模な戦争に発展していたら……あの若く素晴らしい才能が浪費され、最終的には潰されてしまう。

それだけはなんとしても阻止したかったので、必要ならエストラーダ国王に許可を求め、俺が直接説得に乗り出す必要があると思っていた。

だが俺がそうするまでもなく、ふたりは国を出る覚悟を決めてくれたという。

これもすべては俺の願いを聞き入れ、実際に動いてくれたグローバーのおかげだな。

「ありがとう、グローバー。君の力があってこそだ」

「そんな……俺はただ伝えただけにすぎません。あのふたりにとって、それだけ先生が特別な存在だということですよ」

謙遜しているが、間違いなく今回の殊勲者《しゅくんしゃ》は彼だ。

自らギアディス国内へ足を運び、危険を冒《おか》して説得に尽力してくれた。

ふたりがギアディスを出る決意を固めた裏には、間違いなく、グローバーの存在があるだろう。

ブリッツたちの合流は間もなくということで、嬉しい気分になったが——同時に、ギアディスがこのまま放置しておくとも思えなかった。

ウェンデルやジャクリーヌは自由の利く立場だったが、あのふたりは国家の要職に就いている。機密なども保持している可能性があり、ギアディスは全力でふたりの出国を防ぎに来るだろう。

ただ、力で押さえ込むことは不可能だ。

黄金世代――その中でも、ブリッツの戦闘能力は抜きんでている。

俺が知る限り、ギアディスの騎士団が総力を結集したところで、彼を止めることはできない。

それでも、ギアディス側もあっさりと引き下がりはしないはず。

どんな手を打ってくるのか、心配だな。

ブリッツとエリーゼの今後も非常に気になるところだが、今日の本題も忘れてはならない。

俺はグローバーに湿原で発見した記念硬貨と剣を見せる。

「なるほど……剣の柄にある識別番号から、所有者を特定しようというわけですね」

「そうだ。あと、この記念硬貨は流通している年月がかなり限定されている。それも何かのヒントになるはずだ」

「分かりました」

ラウシュ島の謎を解く大きなヒントをグローバーに託し、それから、今後の島の探索方針についても話した。

そして、大体の報告が終わろうとした時、

「あっ！　この話をしておかないと！」

グローバーは何かを思い出したらしく、別の話題に切り替える。

「実は、近々この城で舞踏会を開くことになっていまして。それが噂になって城下に人が増えているんですよ」

「舞踏会？」

「えぇ。それで……先生をはじめとしたラウシュ島の調査団の面々をご招待したいと国王陛下がおっしゃっていまして」

「俺たちを？」

意外だな。

そういうこととは縁遠い存在だと思っていたし。

一応、これまでもその手の催《もよお》しは経験したことがある。

……もっとも、俺にはそのような華やかな舞台は似合わないので、積極的に出席したことはない。

付き合い上、仕方のない時だけ顔を出していた。

なので、多少の作法は分かっているが、決してそういった場が得意というわけではない。

とはいえ、国王陛下が直々に俺たちを招待するというなら、ここは出席しておくべきだろう。

何より――舞踏会という言葉を聞いて、パトリシアとクレールがめちゃくちゃ目を輝かせている。

これを目の当たりにして、断るという非道《ひどう》な行いはできないな。

女性陣が喜んでいる中、島生まれ島育ちのイムだけは、なんのことかピンと来ていないようだ。

礼儀作法とか、その辺のことは分からないだろうからなぁ。当日までに俺が教えておくとしよう。

というかその前に、舞踏会がなんなのかを説明しないといけないかもだが……

ともかく、パトリシアが出るとなったら、イムも絶対に出たいだろうからな。

「で、その舞踏会はいつ開催されるんだ？」

「一週間後です」

「す、すぐなんだな」

「島の調査が進むと、なかなかこういう機会を設けられないだろうからという国王陛下の意向もありまして……」

うん？

島の調査と舞踏会がどう関係してくるんだ？

「なぜ舞踏会にラウシュ島の話題が？」

「それについては……国王陛下が直々にお話ししたいそうです」

「国王陛下が？」

……なんだか大事《おおごと》になってきたぞ。

グローバーの口調から察するに、悪い理由というわけじゃなさそうだが、ちょっと気になるな。

それにしても……舞踏会、か。

俺も、久々にダンスの練習をした方がいいのかもしれないな。

†

そして、話を終えたあと。

とにかく舞踏会に招待されたからにはそれなりの衣装が必要だろうということで、女性陣――パトリシア、イム、クレール、ルチアの四人は、ドレスを仕立てるため、城下町の市場へ向かうことになった。

俺としても、そうした場にマッチした服装を持っているわけではないので一緒に行こうと思ったが、国王陛下から舞踏会に関して詳しい説明があるらしい。

まずは陛下への謁見《えっけん》を優先し、あとから合流する流れになった。

ちなみにドネルは商会の用事があるらしい。謁見ではなく、城に滞在しているバンフォードさんとの話し合いに出向いていった。


ということで、俺とグローバーが王の間を訪れている。

すっかり慣れてしまい、国王陛下と対面しても、昔ほどの緊張はなくなったな。

「急に呼び立てて悪かったね」

「いえ、なんでも舞踏会の開催が島の調査と関係があると聞きまして」

「そうなのだよ」

グローバーは急な開催となった舞踏会については、特別な事情があると話していた。

それについては国王陛下が直々に伝えるとのことだったが……場合によっては、しっかりと心構えをしておかなくてはならない。

――で、その理由というのが、

「この舞踏会は、調査団のお披露目が主な目的だ。だがそれだけではない。君のラウシュ島調査団団長就任の記念でもある。それから、君のおかげで調査団のメンバーが増加したこと……特に、大陸に名を馳《は》せる黄金世代が集った祝いの席も兼ねている。だからこそ、ぜひ盛大に行いたい」

「えっ？」

まさに寝耳に水だった。

予想外の理由に呆然としている俺を尻目に、国王陛下はさらに続ける。

「それと、今回の舞踏会の目的はもうひとつ――君に関する問い合わせへの返答も兼ねているんだ」

「問い合わせ、ですか？」

なんだろう……これに関してはまったく見当もつかない。

「君の元教え子たちからのだよ」

「えっ⁉」

「どこから聞いたのか、君がこの国で島の調査に乗り出していることを聞きつけた者が多いらしくてね。――ほれ、この通り」

国王陛下は近くにいた兵士に合図を送り、何かを取りに行かせた。

しばらくすると、兵士が大きな箱を抱えて戻ってきた。その中には数えきれないほどの紙が入っている。

「今日までに送られてきた書状が、もうこんなに溜まっておるのだ」

「しょ、書状……？」

「君がこの国にいるのかどうか、それを確認するためのものだ」

「ど、どうして……」

「君がこのエストラーダへ移住した経緯も、知れ渡っているのだろう。読んでみるかい？」

「で、では」

俺は兵士から手紙の一部を受け取ると、それに目を通していく。

送り主の名前は、全員覚えがあった。

リック。

ステファン。

ポール。

クラレンス。

マーガレット。

キャロル。

——みんな俺の教え子で、グローバーのように一身上の都合でギアディスを出た者たちだ。

手紙は、俺がギアディス王立学園を不当解雇同然で辞めさせられたことを心配する声から始まり、困っていることはないかと尋ねる内容ばかり。

中には生徒たちの近況も綴《つづ》られていて、騎士団や魔法兵団に入った者もいれば、商会を始めた者、中には神官になった者もいるみたいだ。

教え子たちが送ってくれた言葉の数々に……目頭が熱くなった。

みんなが心配しているということもそうだが、全員が元気で暮らしている事実が何より嬉しかった。

「噂には聞いていたが、本当に素晴らしい人望だな」

「いえ、そんな……私は私自身がなすべきことをしたまでです」

「それができずに人生を終えていく者の方が多いのだ。簡単な道のりではなかったと思うが……それがこうして君のためにもなっている。素晴らしいことじゃないか」

国王陛下の言葉に、俺は涙を押し殺しながら「はい」とだけ答える。

手紙をくれた者へは、国王陛下自らが筆を取り、舞踏会の招待状を送るという。

こうなると、もう半ば同窓会だな。

その日までに、ブリッツとエリーゼが間に合えばいいのだが……。

†

かつての生徒たちからの手紙を読み終え、俺は王の間から退出する。

手紙のおかげで、舞踏会がより一層楽しみになった。

開催は一週間後ということで、俺もいろいろと準備をしなくてはならない。

とりあえず、パトリシアたちがドレスの仕立てに行っている店へ向かうとしよう。

――っと、その前に、商会の話し合いをしているドネルを探さないとな。女性陣はすでに市場へ出向いているため、彼だけ城に残っているはずだ。

ドネルを探して城を歩いていると、中庭に繋がる廊下でバッタリ彼に出くわした。

その横には彼の上司であり、ラウシュ島とエストラーダ王国の間での物資の調達を担当している商人のバンフォードさんが立っている。

「どうも、バンフォードさん」

「おぉ、オーリン殿でしたか。どうされましたか？」

「いや、こちらの話し合いが終わったので、ドネルの様子を見に来たのですが」

「僕なら、用事は終わりましたよ」

おぉ。なら、いいタイミングかもな。

そこで俺は舞踏会の開催について、簡単に説明する。

ドネルたちにも、舞踏会の件はすでに伝わっていたらしい。バンフォードさんが必要な物は出来る限り取り揃えると言ってくれた。

だが――

「しかし、お召し物に関しては、サイズの関係もあってなかなか調達が難しいのです」

難しい顔で息を吐くヴァンフォードさんに説明する。

「承知しています。なので、これから王都の仕立屋に行こうかと」

「ふむ……それでしたら、こちらのドネルも一緒に連れていってくれませんか？」

「「えっ？」」

急にバンフォードさんに言われ、俺だけじゃなく、ドネルも驚いている。

「聞くところによると、今回の舞踏会は調査団のお披露目と、団員の参加を祝うためのもの――その調査団にうちのドネルが加わったということは、彼もこの舞踏会に出席する義務があります。しかし駆けだしの商人なので、まだその場に相応《ふさわ》しい服を一着も持っていないのです」

「なるほど。そういうことでしたか」

彼はまだ若いし、そうした経験がないというのは頷ける。

バンフォードさんの願いを聞き入れ、俺はドネルを連れてパトリシアたちのいる店に行くことを提案した。

ちょうどその時、

「あなたがギアディスから来た賢者殿だね？」

四十代後半くらいの男性が声をかけてきた。

その身なりから、おそらく彼はエストラーダ王国の貴族だと思われる。

「ミ、ミラード卿《きょう》……」

バンフォードさんの声がわずかに震えている。

彼とは初対面だが……あまりよろしくなさそうな人物だな。

「災いを呼ぶと言われるラウシュ島の調査に乗り出したそうだが……随分と物好きな方のようだ。せいぜい怖い思いをしないように注意することだな」

「ご忠告《ちゅうこく》、痛み入ります」

当たり障りのない返しをすると、ミラード卿は「ふん」とだけ言って立ち去っていった。

「「ふぅ……」」

ミラード卿が中庭に出て、角《かど》を曲がって完全に姿が見えなくなると、バンフォードさんとドネルは大きく息を吐き出した。

「いやはや、申し訳ありません……あの方の存在について、もう少し早くお話をしておくべきでした」

「緊張されていたようですけど……そんなに厄介な人物なのですか？」

俺が小声で話すと、バンフォードさんは辺りをキョロキョロと見回し、無言のまま頷く。

そして、さらに追加情報を教えてくれた。

「ここだけの話にしておいていただきたいのですが……現在、エストラーダの騎士団があの方の周囲を調査しているようです」

「騎士団が？」

「詳細は不明ですが、身辺調査をしているのは間違いなさそうです。これはあくまでも私の憶測《おくそく》にすぎませんが、おそらく他国へ国内の機密情報を売り渡しているのではないかと」

それは……かなりまずいな。

しかし、相手は貴族だからなぁ。

簡単にボロは出さないだろうし、何かあればもみ消しに走る可能性もある。騎士団が極秘で動いているというのも頷けるな。

ミラード卿、か……少し注意しておくとしよう。

気を取り直して、俺はドネルを連れて城下町へ出た。

そこにある仕立屋では、すでにパトリシア、イム、クレール、ルチアの四人がどのようなドレスを着ようか、店員と相談中だった。

ちなみに、費用は国が出してくれるらしい。

だからといって、贅《ぜい》を尽くした豪華絢爛《ごうかけんらん》なドレスを着ようという者はいなかった。

みんな、自分に合ったドレスを探して頭をひねり、唸っている。

何が似合うのか一生懸命考えるのもまた、ドレス選びの楽しみではあるだろうが、今回の場合は時間が足りない。そもそも間に合うのか？

そんな心配をしていると、こちらに近づいてくる人物が。

「これだけの人数のドレスを一週間で用意することは可能なんですか？」

「問題ありませんよ」

店主だと名乗った初老の男性は事もなげに答えた。

「こういった注文は珍しいことではないですよ」

「そうなんですか？」

「とはいえ、納期までにきちんと仕上げられるかは、また別問題ですが……でも、今回の舞踏会の主役であるあなた方には、最高のお召し物を当日までに必ずお届けいたします」

「「「「主役？」」」」

熱心にドレスを選んでいたパトリシア、イム、クレール、ルチアの四人が店主の言葉に反応して振り返る。

そういえばまだ、調査団のお披露目が舞踏会の目的であることは説明してなかったな。

俺は女性陣に舞踏会が開催されるに至った流れを説明した。

最初は普通に聞いていたが、イムを除いた三人の顔色がだんだんと悪くなっていく。

「わ、私たちのためのパーティー？」

「き、規模が大きすぎませんか？」

「舞踏会ということは国内の貴族も多く集まりますし……これは一大事ですよ」

出席するだけでも緊張する舞踏会で、まさか自分たちがメインとして扱われるとは夢にも思っていなかったんだろう。

俺だって、国王陛下に言い渡された直後はすぐに状況を理解できなかった。

しかし、せっかく大きな舞台を用意してもらったわけだし、久しぶりに昔の教え子たちにも会えるという点では楽しみも増えている。

それにプレッシャーはかかるものの、この大舞台をしっかりこなせば、国内にいる貴族からも島の調査に関心を持ってもらえるいい機会となるはずだ。団員志願者ももっと増えるかもしれない。

女性陣にそう説明したら、少し表情が明るくなった。

緊張はするけど好機《こうき》でもある。

プラスの面を強調したことで、彼女たちのドレス選びにもますます熱が入った。

さて、俺も気を取り直して服を選ぶとするか。

ぶらぶらと店内をうろついていると、客から見える位置に作業場があることに気がついた。

そこには、布を切ったり装飾を施《ほどこ》したりする作業を魔法で行う職人たちがいる。

「ほぉ……魔法を使って作業とは」

感心していると、店主がやってきて説明してくれた。

「あそこまで魔法で器用にこなせる職人は少ないですが、ひとりいるだけでも作業効率はだいぶ違いますよ」

「そのようですね。これだけいれば舞踏会に間に合うと断言されたのも頷けます」

これもまた、魔法の可能性のひとつというわけか。

その後、俺は店主と相談しながら自分の着る服を注文した。

ただ先にドレスを決めたクレールとルチアがサイズを測っているので、俺はもうちょっと待つことに。

パトリシアはまだ決まっていないらしく、眉間にシワを寄せながらドレスとにらめっこをしていた。

その時、イムがいないことに気づく。

「どこへ行ったんだ？」

店の中を探すとすぐに見つかったが……どうも様子がおかしい。

「イム？」

「あっ、先生」

呼びかけに答えるも、イムの声は小さく、表情は暗い。

こんなイム……初めて見るな。

「どうかしたのかい？」

明らかに様子のおかしいイムに尋ねると、彼女は手にしたドレスを見つめながら静かに語り始めた。

「こういう服……初めて見たから似合うかどうか分からないの」

最初はみんなと一緒に楽しみながら選んでいたイムだったが、だんだん不安になったのだろう。

ラウシュ島で生まれ育った自分にとって、大陸で暮らす女の子たちが気にかけるようなファッションは馴染みがない――パトリシアたちと服に関して話をしているうちに、イムはそれを痛感したようだ。

「なら、俺と一緒に選ぼうか」

「先生と？」

「あぁ、もちろん。でも嫌なら――」

「うぅん！　一緒に選びたい！」

今の俺がイムにしてやれることはこれくらいか。

でも、喜んでくれているみたいだし、少しは力になれたかな？

すると――

「先生！　私にもどのドレスが一番いいのか、一緒に選んでください！」

「ルチアさんも選んでもらいます？」

「ク、クレールさん!?」

パトリシアに、クレールに、ルチアにまでも話が飛び火し、大盛り上がりになった。

結局、みんなでイムのドレスを選ぶことに。

さらに、俺はそれだけじゃなく、気がつけば女性陣全員分のドレスを見繕《みつくろ》うことになったのだった。


しばらくして。

女性陣はドレス選びが一段落つくと、今度は店内にあるドレス以外の服に目が向いたようだ。

楽しそうな会話を続けている彼女たちを横目に、俺とドネルも舞踏会に着ていく服の採寸を行う。

少し時間がかかるかもしれないと構えていたが、この作業も魔法で簡略化されているらしく、あっという間に終了。

「はい。お疲れさまでした」

「えっ？　もう終了なんですか？」

「バッチリ問題なしです！」

「ほぉ……便利ですし、早いですね」

「おかげで短い納期にも対応できていますよ」

人間の手による作業では仕上がりに誤差が生まれる可能性もあるが、魔法ならばそれもなく、おまけに大幅なスピードアップに繋がる。

納期は短くできる上に納品できる数も増える……店としては大助かりだろう。

ただこの手の作業は、いわゆる職人らしさが感じられないとして避《さ》ける傾向にある店も存在していると、採寸中に店主から聞いた。

俺としてはあまり気にならなかったが、中にはそういう考えを持つ人もいるらしい。

ちなみにこの店は、魔法による作業をうまく利用し、急な案件にも対応できている。それに仕上げも丁寧に行っているようだ。

城の者がこの店を紹介するのも頷ける。きっとこのような依頼が普段からそれなりにあるのだろう。

その後、俺は店主から服のデザインについて尋ねられた。

「俺はその辺の事情に詳しくないので、プロにお任せしたいですね」

「分かりました。何かご要望はありますか？」

「あまり派手すぎない方がいいかな」

ぼんやりしたイメージを伝えると、慌ててドネルも「あっ、ぼ、僕も同じで！」と依頼する。

「かしこまりました」

国王陛下は俺たちがメインだと言ってくれたが……やはり、そういった場所で目立つのは性《しょう》に合わない。

そういったわけで、俺たち男の衣装選びはあっという間に終わった。

男女でこうも差が出るのかと思ったが、単純に俺やドネルがその手の話題にあまり関心がなく、デザインをお任せにしているからだろうな。

一方、ドレス選びを終えた女性陣は、今度は新しい普段着をつくるならというテーマで、またしても会話と服選びで大盛り上がりしていた。

「元気ですねぇ」

「島で調査していたら、こういう機会はほとんどなくなるからな。今のうちにたくさん楽しんでもらわないと」

モチベーションアップに繋がるのなら、少しくらい待たされるのも苦ではない――が、結局その日彼女たちは、店を閉める時間になるまで服選びに時間を割いたのだった。

そのため、今夜は城下の宿屋に泊まり、翌朝ラウシュ島に戻ることにした。

†

宿屋のロビーで宿泊の手続きを終わらせると、併設している食堂で夕食を済ませるためにみんなで移動開始。

幸いまだ客の数は少なく、すぐにテーブル席へ案内してもらえた。

「ドレスの完成が楽しみだね！」

「これから何かと着る機会が増えてくるかもしれません。少しでも慣れておきましょうね、イムさん」

「うん！　それに、もっと着てみたい服がいっぱいあったよ！」

「いずれまたあのお店に寄らせてもらいましょう」

料理が来るのを待つ間に、パトリシアとイムの会話が聞こえてくる。ふたりは本当にドレスを楽しみにしているようだ。

そんなふたりとは対照的に、魔法使いのルチアは少し不安げだ。

「私はパーティーのような催しには、これまで一度も出席した経験がないので……本番では凄く緊張しそうです……」

「大丈夫ですよ、ルチアさん。ドーンと構えていれば問題ありません」

実に頼もしいクレールのひと言で、ルチアの緊張はあっさりほぐれたらしく、「ありがとうございます！」と明るい表情で返していた。

「ところでその余裕……クレールさんは舞踏会へ出席したことがあるんですか？」

「いえ、私もこれが初めてですよ」

「……それなのに、そこまで堂々とできるなんて凄いです」

クレールに尊敬の眼差しを向けるルチア。

しかし、ルチアの言う通りだな。

クレールは楽観的に見えて、なぜか口にしたことはすべて叶えてしまいそうな、不思議な魅力《みりょく》を秘めている。

この辺りはパトリシアやイムとは違う、大人だからこそ醸《かも》し出せる独特の空気感というべきだろうか。

ちなみに、クレールとルチアのふたりはいつの間にかお酒を飲んでいるが……大丈夫かな？

今のところは酔っているようには見えないけど、ほどほどにしておいてくれよ。

「…………」

女性陣が楽しそうにしている一方で、ドネルは難しそうな顔をしていた。

思い詰めているようにも見えるが……声をかけてみるか。

「何か困ったことでもあるのか、ドネル」

「っ！　そ、そういうわけではないのですが……先ほど、バンフォードさんからちょっと気になる話を聞いたので」

「気になる話？」

「えぇ……ただ確証がないため、胸の内に秘めておけとのことでした」

「それは……話すとまずいものか？」

「……オーリン先生なら、話しても平気だと思います」

半ば「話してくれ」と迫ったような形になったが、ドネルとしても俺に伝えておきたかったようだ。

その話とは――例の軍勢についてだった。

「実は……正体不明の軍勢が、エストラーダの国境付近に集結しつつあるようです」

「何？　……ひょっとして、それってデハートを襲ったという連中か？」

「分かりません。報告を受けてエストラーダからも兵を送ったらしいのですが……その軍勢を確認することができなかったみたいです」

「こちらの動きに勘づいたのかもしれないな」

「あるいは、デマ情報ではないかと。少なくとも、騎士団はそう判断したみたいです」

そんな話が出ているなら、グローバーがすぐに伝えてきそうなものだが、デマと判断されているから、俺に何も言わなかったのか。

下手に余計な情報を与えて混乱させないように、という配慮からだろう。

グローバーらしいな。

「君はどう思う？」

「僕もガセネタじゃないかと――先生は違うんですか？」

「なんともいえないが……その軍勢を目撃した場所は特定されているのか？」

「え、えぇ……もしかして……」

「明日、ラウシュ島に帰る前にそこをちょっと見てくるよ」

「分かりました。では、僕がそこまで案内しますね」

「頼むよ。他のみんなには……王都でショッピングを楽しんでもらうとするか」

こうして、明日の予定が決まった。

国境付近というのが気にかかるからな。

何せ、ブリッツとエリーゼがギアディスからの脱出を決めたと聞いている。

本当にギアディスがエストラーダ国境付近に姿を見せたのなら……ふたりが関係していないとも限らない。

ラウシュ島へ戻る前に、偵察するとしよう。

第10話　脱出

時間は少し遡《さかのぼ》る。

ブリッツとエリーゼは、ギアディスからの脱出を実行しようとしていた。

ふたりだけでなく、大聖堂の関係者やまだ王都に残っていた一部の国民など、ともにギアディスを去る決意を固めた十数人も一緒に、オーリンのいるエストラーダへ逃れる計画だ。

ここへ来て、ようやくギアディス王家や騎士団も、国民の数が減少していることに気づき始めた。

本来ならばもっと早くに事態が発覚するはずだった。

しかし叱責され、責任を追及されることを恐れた配下の者たちの報告が、遅れに遅れたことによる結果であった。

とはいえ、ブリッツたちの脱出計画もまた、出遅れてしまっている。

ブリッツたちは、ギアディスが後手《ごて》に回っている間に、もっと早く国を出る予定だった。だが関係者の中に妊娠中の者がおり、最初の計画の実行日に出産を迎えたのだ。

「私のことは置いていってください」

そう願い出る女性だったが、生まれたばかりの子どももいるため、さすがにそういうわけにはいかない。

こうしてブリッツたちは、計画を遅らせる判断を下したのである。

そうして数日が経ち――いよいよギアディスを出る日が近づいていた。

ブリッツたちは生まれたばかりの赤ん坊を守りながら出国するため、計画を練り直した。

赤ん坊に関しては聖女と呼ばれるエリーゼが、得意とする回復魔法で守りながら行動することで問題は解決。

ただ、すでに国民の数が激減していることから、それまで脱出に使われていた渓谷《けいこく》を通るルートは厳戒《げんかい》態勢が敷かれており、正面突破が難しくなった。

そのため、ブリッツたちは川を渡るルートを選択した。

船を用意するとなると、計画がバレるリスクは高まる。だが、通り抜けが不可能になった渓谷を通るルートを除いて考えると、もっとも可能性がありそうなのはそこしかなかったのだ。

†

そして迎えた計画実行の日。

朝霧が立ち込める早朝に、ブリッツとエリーゼを含む総勢十数人はギアディスからの脱出を目指して用意しておいた船に乗り込んだ。

「ここまでは大丈夫そうだな……」

周囲の安全を確認してから船を出した――が、それは罠《わな》だった。

船を出した瞬間、潜んでいたギアディスの騎士たちが姿を現したのだ。

「くっ⁉　こちらの行動は筒抜けだったか！」

さすがに、黄金世代最後のふたりとなるブリッツとエリーゼの国外逃亡だけは防ぎたかったギアディスは、常に見張りを送り込み、ブリッツたちの動向を監視《かんし》していたのだ。

「ど、どうしますか、ブリッツ様」

「心配はいらない。――俺が何とかする」

大聖堂の関係者は不安を隠せない。

だが、追手の実力を見れば自分ひとりでも十分対応できると、ブリッツにはよく分かっていた。

が——ここでひとつ問題が発生した。

「⁉　な、なんだ⁉　バランスが⁉」

左右に大きく揺れる船。

何者かが船に細工をして、脆《もろ》くしておいた様子だ。

このままブリッツが応戦すれば、激しい攻撃に耐えきれず、沈んでしまう可能性が出てきた。

「くそっ！　あともう少しというところで……」

焦るあまり、船に仕掛けられた細工を見抜けなかったことをブリッツはひどく後悔した。

打つ手がなくなり、窮地《きゅうち》に陥った——その直後。

ブリッツたちに迫っていた船が高波に襲われて転覆《てんぷく》した。

「うおっ⁉」

「きゃあああっ⁉」

ブリッツをはじめ、乗っていた者たちは川へ放り出される。

心配なのは子どもを抱えている女性だが、そこはエリーゼの魔法によって守られてなんとか溺《おぼ》れずに済んだ。

しかし魔法に集中するあまり、エリーゼの方が溺れかけて沈みそうになったが、ギリギリのところでブリッツが救い出した。

「大丈夫か、エリーゼ！」

「な、なんとか……ありがとう、ブリッツ」

「礼は逃げきってからもらう。立てるか？」

「え、えぇ」

全員が船から無事に脱出できたことを確認すると、ブリッツたちは追手から逃げるためにエストラーダ王国の方角へ走りだした。

この場でギアディスの騎士を迎え撃ってもいいが、これだけの人数を守りながら戦うのは難しい。カイルたちが議場で行く手を阻んだ時よりもその人数は明らかに多く、さらに実力もずっと上の騎士が集まっている──これだけ不利な材料が揃うと、さすがのブリッツも逃げざるを得ない。

「先生……どうか、俺たちを守ってください」

先頭を走りながら、ブリッツは小さくそう呟いた。

第11話　黄金世代、集結

舞踏会の衣装選びをした翌日。

俺──オーリンとドネルは予定通り、エストラーダの国境付近に向かった。

一応、午前中のうちには王都へ戻り、それから船でラウシュ島へ戻る予定となっている。

念のため、パトリシアたちには王都での観光を楽しんだあと、俺たちが午後になっても戻らなかった場合は先に船で島へ帰還するように伝えた。

それと、翌日になっても戻らなかったならグローバーに連絡をしてほしいとも付け加えて。

パトリシアは、最初は自分たちもついていくと言って聞かなかったが、偵察は少人数の方がいいと説得し、今回は諦めてもらった。

「危険なことはしないでくださいね……」

「分かっているよ、パトリシア。こちらのことは気にしなくていいから、みんなと王都観光を楽しんできなさい」

「……はい」

パトリシアは優しい子だから、本気で心配している。

……おそらく、国境付近という場所が彼女を不安にさせているのだろう。

これがもし、暴れている凶悪なモンスターを討伐してくるって話なら、彼女がここまで心配することはないと断言できる――それはそれでちょっとおかしな感じだが、彼女が想定している相手に比べると、モンスターの方がまだマシなのだ。

その相手とは……ギアディス王国だ。

グローバーからの情報によると、ついにブリッツとエリーゼが国を出る覚悟を決めたらしい。

その状況をあの国が黙って見過ごすわけがない。

ギアディスは俺がエストラーダ王国にいるという情報をすでにキャッチしているだろうから、ふたりが目指す場所もある程度は予測できるはず。ふたりがエストラーダ入りをする前に強制的に連れ帰ろうと、国境付近に兵を配置しているのではないかと俺は読んでいる。

ただブリッツとエリーゼの実力を考慮すると、ギアディスの騎士団だけの力では止められないだろう。

……心配なのは、情に脆いブリッツの性格だ。

ふたりを引きとめにギアディスの同僚が出てきたら、ブリッツは剣を振ることができないだろう。

それが彼のいいところであり、弱点でもある。

ギアディス側がそうしたブリッツの性格を把握していれば……事態は深刻だ。

さまざまな不安や可能性が脳裏をよぎる中、国境付近に到着する。

しかし——

「のどかだな……」

「のどかですねぇ……」

ドネルとともに辺りを見回してみるが、どこまでも続く広大な平原以外、何も見当たらなかった。

怪しい軍勢どころか、そもそも人がいない……というか、何もない。

地図によれば、この先にある大きな川が国境となっているはずだが……念のため、そのすぐ側まで近づいてみたものの、目にとまるようなものはない。

「……やはりガセ情報だったのでしょうか？」

安堵したような表情を浮かべるドネル。

これだけ穏やかな光景を見せられたら、そう思ってしまっても仕方がない——が、まだ油断はできない状況だ。

「そうとも限らないぞ。実際に兵を配置していたが、なんらかの理由で引きあげたとも考えられるからな」

「な、なんらかの理由って……」

「さすがにそこまでは特定できないが……いや、そもそもその理由が、本当に当てはまるのかも定かじゃないからな」

あくまでもすべて憶測だ。

よく考えてみたら、あの超がつくほどの真面目人間であるブリッツとエリーゼが、国を出るためとはいえ、こんな悪路を選ぶことは考えづらい。生真面目なふたりのことだから、正面からこの国への入国を希望するかもしれない。

その点、効率重視で物事を考える傾向が強いウェンデルとジャクリーヌは、このような王国の正門を外れた裏ルートを通り、とりあえず入国を済ませるってスタンスだったんだろうな。

いずれにせよ、心配していた軍勢の存在はこの場では確認できなかった。

すでに撤退済みなのか、あるいは気配を悟られない位置で待機しているのか——さすがにそこまでは探りようがない。

ただ、それほどの人数がいたとするなら、それらしい形跡が見られなかった。

近くにちょっとした草原もあるが、踏み荒らされた様子もない。

「どうしますか、オーリン先生」

「……粘《ねば》っていても結果は変わらないだろう。それに、辺りにはエストラーダの脅威となりそうな気配もない。ここは戻って……」

だが最後まで言いきるより先に、強烈な気配を感じて国境である川へ視線を移した。

その行動を異様に感じたのか、ドネルが慌てて尋ねてくる。

「ど、どうかしましたか？」

「……今、ほんの一瞬だが、強烈な魔力を感じた」

「えっ？　ほ、本当ですか？」

「あぁ……きっと、エリーゼだろう」

断言はできないが、限りなくエリーゼのものに近い魔力。

仮に彼女が魔力を使用しているなら……得意の回復魔法を使っているのか？

「まさか……」

嫌な予感が脳裏をよぎり、一筋の汗がこめかみを通って地面に滴る。

回復魔法を使わなければならない状況に追い込まれているということなのか？

だとするならおそらく、ギアディスの軍勢はかなり大規模なものだろう。

回復魔法に特化し、その慈愛《じあい》の精神から、聖女とも呼ばれるエリーゼの流出をあの国が許すはずがない。

だとしたら――エリーゼが危ない。

「待ってください、オーリン先生！」

エリーゼを救出するために駆けだしかけた俺の腕を掴むドネル。

「放してくれ、ドネル。俺はエリーゼを迎えに行く」

「で、でも、ここはもう国境近くですよ!?　もし、国境を越えて何か問題を起こしたら……」

「ぐっ……」

ドネルの懸念はもっともだった。

エストラーダの領土外で問題を起こせば、それはもう俺たちだけの問題ではなくなる。国家を巻き込んだ国際問題に発展してしまう。

俺としたことが、あまりに冷静さを欠いたお粗末な行動だ。ドネルが同行していて助かったよ。

「……ありがとう、ドネル。おかげで頭が冷えた」

「い、いえ、そんな……そ、それより、これからどうしますか？」

「エリーゼが近くにいることは間違いないんだ。なんとかその居場所を知るためにも、もう少しだけ近づいてみよう」

「分かりました」

俺とドネルはエリーゼの居場所を突きとめるため、さらに国境へ近づいていく。

すると、やがて大きな川が見えてきた。

「あそこが国際河川のデイル川ですね」

「そうだ。……さすが、国境に指定されるだけあって、川幅はかなりあるな」

エストラーダ王国と、隣国との国境であるデイル川。

川幅は大陸でも三指に入る広さを誇っており、ここを渡るには船が必要となる。

まさか、エリーゼはこの川を渡ってエストラーダ入りを果たすつもりなのか？

一応、デイル川はギアディスとも繋がってはいるが……もし、船が用意できなかったら、さすがに厳しいだろう。

「どうするつもりなんだ、エリーゼ……」

彼女の身を案じていると、突然ドネルが叫んだ。

「せ、先生！　あれを見てください！」

彼が指さす先は空。

何事かと見上げると、上空から何かが近づいてくる。

それはとんでもなく大きな鳥だった。

「こ、こんな状況でモンスターが来るなんて！」

「……いや、あれはモンスターじゃない」

「えっ⁉」

見慣れていないドネルからすれば、モンスターと捉えておかしくはない。実際、外見はモンスターそのものだしな。

しかし、それは――ジャクリーヌの使い魔だった。

「あら、先生……やはり、エリーゼの魔力に気づいたのですね」

「まあな。もしかして、君もか？」

「ええ。エストラーダを目指して移動しているという話は以前から聞いておりましたので、ひょっとしたらと思い、ウェンデルを連れて調べに来ましたの」

「エ、エリーゼが心配ですから！」

鳥型の使い魔にはウェンデルもしがみついていた。

それにしても……ここから遠く離れたラウシュ島にいて、ジャクリーヌはエリーゼのわずかな魔力を探知できたというのか？

近くにいるはずの俺でさえ、一瞬すぎて見落としかねなかったのに。

「……ジャクリーヌ」

「なんでしょう？」

「また成長したな」

「っ！　……ふふ、他の誰よりも、先生にそうおっしゃっていただけるのが一番の励みになりますわ」

柔らかな微笑みをこちらへ向けながら、ジャクリーヌが言った。

「ちょっと、ふたりとも！　和やかムードなところ悪いですけど、早くエリーゼを探しましょうよ。彼女が魔法を使うってことは、負傷した者がいて回復魔法を使った可能性があるんですから」

「っと、そうだったな」

ウェンデルに注意され、俺たちはエリーゼの魔力を追って辺りを調べ始める。

しばらくすると、俺とジャクリーヌは再び強い魔力をキャッチした。

「せ、先生！　この魔力は……」

「間違いない、エリーゼだ。それに……ブリッツもいるみたいだな」

「ブリッツもですか!?」

「では、黄金世代が揃い踏み……!?」

ジャクリーヌとウェンデルは同期の友人が合流する喜びでいっぱいになっている。

だがドネルからすると、ギアディスの黄金世代が一斉に揃うという事態にパニック気味のようだ。

黄金世代にそこまでの影響力があるとは……本当に凄くなったものだな。

……って、教師目線で感動している場合じゃない。

エリーゼはすぐ近くにいるようだが、その魔力はひどく乱れている。ブリッツがいながらここまで取り乱した状況に陥っているのには、何か事情があるのだろう。

どこだ？

どこにいるんだ？

必死になって魔力をたどると――

「っ！　こっちだ！」

俺が西に向かって駆けだすと、ドネル、ウェンデル、ジャクリーヌがそれを追う形でついてくる。

かれこれ五分ほど走った頃、どこからともなく話し声が聞こえてきた。

そして――ついに彼らの姿が目の前に現れる。

「っ!?　オ、オーリン先生!?」

「ウェンデル!?　ジャクリーヌまで!?」

バッタリ出くわしたことで、ブリッツとエリーゼはかなり驚いている。

「ブリッツ！　それにエリーゼも！」

「無事でよかったぁ！」

「心配しましたわ！」

俺たちは俺たちで、ふたりの姿を確認できて喜びの感情が溢れだす。

ウェンデルもジャクリーヌも表立って話題にはしてこなかったが、ずっとふたりの動向を気にしていたのだ。

だが、浮かれてばかりもいられない。

ブリッツとエリーゼの背後には、ともにギアディスを脱出してきたと思われる人たちが十人以上いた。彼らの表情が強張《こわば》っていることから、切迫《せっぱく》した事態であるのが伝わる。

「再会の喜びはあとでたっぷり味わうとして……ブリッツ、エリーゼ、今は非常事態なのだろう？」

「そ、そうなんです！」

エリーゼが叫んだ途端、近くを流れるデイル川が大きく波打った。

「相手は船で追ってきたか……」

どうやら、ブリッツたちが恐れている追手が接近しているらしい。

しかし、よほどの相手でもない限り、ブリッツひとりだけでもこの程度の窮地なら逃れられそうなものだが――そう思った直後、逃げてきた人々の中に小さな赤ん坊を抱いている女性を発見する。

……そういうことだったのか。

あの親子を守るために、激しい戦闘を避け続けてここまでやってきたのか。

「ブリッツ……」

「は、はい！」

「よくやった」

「っ！　先生……」

張り詰めていた緊張の糸が切れたのか、珍しく弱気な声がブリッツの口から漏れる。

が、まだ安心できる状況ではない。

それはブリッツ自身も強く感じているらしく、すぐさま剣を構え直していつもの精悍《せいかん》な顔つきへ戻った。

武装したギアディスの兵を乗せた船が、徐々に岸に近づいてくる。

だが、こちらは手出しができない。

この川は国境だ。

そこで他国の人間が争いごとを起こしたとなったら……それはまずい。

だからといって、このまま見過ごすわけにもいかない。

大きく息を吐き出してから、俺はゆっくりと川の方に歩いていく。

「せ、先生！　川を渡ったらまずいですよ！」

「大丈夫だよ、ドネル。手がちょっと汚れたから、川の水で洗うだけさ」

「なっ⁉　こ、こんな時に何を――っ、まさか⁉」

ドネルは俺の狙いに気づいたみたいだな。

手を洗うと言った通り、俺は川に手を入れて――こっそりそこへ魔力を込める。

「せ、先生……？」

「心配はいらない。何、ちょっとしたアクシデントが起こるだけさ。……波の高くなる、ね」

そう言った直後、ギアディス兵を乗せた船を狙って高波が発生した。

魔力によって発生したその高波は、こちらへ接近するギアディスの船を呑み込んでいく。

「な、なんだ、これは！　うおおおっ⁉」

追手は次々と川へ放り出され、対岸に避難。

しかし、まだ諦めきれないようで、川を渡って追いかけてきそうだ。さらに、遅れてもう二隻の船が増援に到着する。

脱出してきた人々にすぐにでもここを離れろと呼びかけようとした時——気がつくと岸辺に黄金世代の四人が横一列に並んでいた。

……なるほど。相手がギアディスの兵たちならば、これほど有効な手はないか。

「うぐっ⁉　黄金世代……」

船に乗っていた兵士が、ブリッツたちに気づいて青ざめている。

騎士団に身を置く者であれば、黄金世代の四人がどれほどの力を持っているか、重々承知しているだろう。

唯一心配していたのは、情に厚いブリッツの性格。

相手がかつてギアディス軍で仲間だった者であれば、敵対関係となるのを逡巡《しゅんじゅん》する可能性もあったが——あの目を見る限り、それはどうやら杞憂《きゆう》に終わったようだ。

「覚悟していただく」

強い決意をにじませた、ブリッツの声を耳にし、ギアディス側の騎士は震え上がる。

今のひと言でほとんどの者が戦意を喪失したようだ。

「お、おのれぇ……撤退だぁ！」

そう声をあげたかと思うと、ギアディスの船が引き返していく。

向こうとしても、他国の領地であるこの場所で、無駄な戦闘は極力避けたいところだろう。おまけに相手が黄金世代の四人ともなれば敗北は必至。ここは引き下がるのが無難というものだ。

「「オーリン先生！」」

ギアディスの騎士を乗せた船が見えなくなるやいなや、ブリッツとエリーゼが俺のもとへ駆け寄る。

「ありがとうございました、先生！」

「先生がいなかったら、俺たちは……」

「我ながらいいタイミングだったと思うよ」

ふたりと抱き合い、再会を喜ぶ。

ブリッツとエリーゼ……ともに学園を卒業してから、国家にとって大事な役割を担う役職に就いていたから、ジャクリーヌやウェンデルのように自由な判断で動くことはできなかったのだろう。

それがこうして、たくさんの大聖堂の関係者を連れてエストラーダまでやってくるとは……

これで、黄金世代は全員がエストラーダへ移住した。ギアディスの再興《さいこう》はもう難しいだろう。

「ジャクリーヌ、ウェンデル、君たちにも感謝する」

「ええ、本当にありがとう」

感謝を伝えるブリッツとエリーゼに、ジャクリーヌとウェンデルは事もなげに言う。

「何を今さら。僕らの仲じゃないか。助けるのは当たり前だよ。ね？　ジャクリーヌ？」

「その通りですわ。遠慮は無用。いつでも頼りなさいな」

そんな風に話しながら、四人は再会を喜び合っている様子だ。

しばらく感動の余韻《よいん》に浸《ひた》ってもらおうと、俺はブリッツたちと一緒にエストラーダへ逃れてきた者たちから話を聞くことに。

すると彼らの中に、ギアディス王国時代に親交のあった大聖堂の司祭の姿を発見する。

「オーリン殿！」

「！　サイアン司祭、お久しぶりです」

司祭の無事を喜びつつ、彼らの状態を確認していく。

どうやら全員怪我もなく無事なようだ。

それにしても、生まれて間もない赤ん坊まで一緒とは驚いたな。

「この子たちを必死に守りながらここまで来たのか……」

ブリッツが追ってくるギアディスの船に一切反撃しないのでおかしいと思っていたが……よく見

るとみんなボロボロで、ここまでもったのが奇跡に近いほどだった。

赤ん坊のことも踏まえると、脱出計画を遅らせざるを得なくなったってところか。そのせいで、安全なルートはすでにギアディスの手が回っていたのだろう。

ブリッツやエリーゼの性格を考慮したら、絶対に置いていくことはできなかったろうし、今回の計画は、一か八かの賭《か》けだったというわけか。

逆にいえば、ブリッツとエリーゼがいて、そのような賭けをしなければならないほど逼迫《ひっぱく》した状況だったともいえる。

「とにかく、すぐにエストラーダ国王のもとへ行こう。他にもこの国へ逃げてきた者もいるし、きっとすんなり迎え入れてくれるはずだ」

俺がそう告げると、全員がホッと胸を撫で下ろしていた。

エストラーダに入ってしまえば、たとえ大国ギアディスでもそうそう手を出すことはできない。それにグローバーがブリッツとエリーゼに関する情報を事前に持ち帰っていたので、きっと彼らを受け入れる体制も整えてくれているはず。

「ところで、先生。そちらの若者は？」

ひと息ついたブリッツが、ドネルを見て尋ねてくる。

俺が紹介する前に、慌てて頭を下げるドネル。

「は、初めまして！　オーリン先生とともにラウシュ島を調査している商人のドネルといいます」

「俺はブリッツだ。よろしく頼む、ドネル」

「こ、こちらこそ」

ブリッツとドネルは握手を交わし、続いて他の者たちもお互いに自己紹介をしていく。

それが終わると、いよいよエストラーダ王国へ向けて飛び立とうと、ジャクリーヌが鳥型の使い魔を呼び寄せた。

しかしさすがに全員を一度に運ぶことは難しく、また、生まれたばかりの赤ん坊を乗せるのは少々危ういので、二手に分かれることとなった。

ジャクリーヌとエリーゼ、それから女性と子どもは使い魔に乗る。

俺、ドネル、ブリッツ、ウェンデルの四人は、生まれたての赤ん坊とその母親、さらに残りの人たちを護衛しながら徒歩で王都を目指すことになった。

だが、ここから王都まではかなりの距離がある。

そこで、先にジャクリーヌの使い魔を城に送り、ここから城までの道中でエストラーダ騎士団と合流できるよう手はずを整えた。


道すがら、俺はブリッツからギアディスの内情について教えてもらった。

「最近になって、ようやく上の方も国民が続々と逃げ出している事実に気づいたようです。まあ、ほとんど手遅れの状態ですが」

「逆によくそこまで放置していたな」

「下からの報告が虚偽だらけだったんですよ。ただでさえ、ギアディスは侵略戦争を仕掛けようとして反感を買っているというのに……」

「侵略戦争？　ひょっとして、デハートを襲ったという軍勢は……」

「ギアディスです……」

ブリッツは少し俯きながら答える。彼の性格からして、侵略を仕掛けることは不本意だったはずだ。

とはいえデハート軍の規模では、ギアディス軍を自力で追い返すのは難しい。

話によるとギアディスはかなりお粗末な戦い方をしたらしいので、ブリッツは行軍していても、実戦に参加していないのは明らかだった。

「だが……ならギアディスはなぜ撤退を？　大陸でも屈指《くっし》の大国であるギアディスが本気になったら、デハートを制圧するのは容易《たやす》いと思うんだが」

「理由は簡単です。……ギアディスは戦闘の指揮を、王立学園で優秀な成績を修めているとされる学生にやらせたのです」

「何っ!?」

優秀な学生って……まさか！

「その指揮を執《と》った優秀な学生というのは……」

「学園長の愛息《あいそく》……カイル・アリアロードです」

「やはりそうか……」

俺は頭を抱える。

確かに、ローズ学園長は息子であるカイルを過大評価する傾向があった。

実際はサボってばかりで落第してもおかしくなかったが、彼女は学園長の立場を悪用し、成績が不当であると訂正――もとい、成績の改ざんを強要したのだ。

その結果カイルは軍に入り、ギアディスはデハートに屈辱《くつじょく》的な敗戦をすることになった。

しかし、あの学園長のことだ。今回の撤退についても、息子であるカイルにはなんの非もなく、息子の指揮に応えられなかった騎士が無能だと叱責するに違いない。

こうなると、国内の不協和音はこれからさらに大きくなっていきそうだな。


歩き始めて三十分ほど経った頃。

使い魔からの連絡を受けた騎士団が、数台の馬車を引き連れて俺たちのもとにやってきた。

先頭の馬車に乗っているのは――

「オーリン先生！　ブリッツ！」

嬉しそうに手を振るグローバーだった。

今回のブリッツたちの亡命の成功は、彼が危険を顧《かえり》みずにギアディスへ入り、ブリッツたちを説得してくれたおかげだ。

出会うなり、固い握手を交わすブリッツとグローバー。

「これからお世話になります、グローバー先輩」

「こちらこそ。よろしく頼むよ、ブリッツ。さあ、馬車へ乗ってくれ！　国王陛下は君たちの到着を心待ちにしているからな」

こうして、とうとう黄金世代の四人全員が、エストラーダ王国に集結したのだった。

†

そして、数時間後。

俺たちはブリッツとエリーゼを連れ、国王陛下に謁見した。

ジャクリーヌの送った使い魔からすでに事情を聞いていた国王陛下は、俺たちが到着する前から彼らを迎え入れる準備を進めてくれていたようだ。

ただ、ブリッツもエリーゼも、高い地位や贅沢《ぜいたく》な待遇には興味がなかった。

ふたりが国王陛下に述べた要望は、ただひとつだけ。

「『オーリン先生と同じ仕事がしたい』」

それはつまり、ラウシュ島の調査ということになる。

島にはすでに同期のウェンデルとジャクリーヌもいるし、本人たちにとってもそれがいいのかもしれない。

聖騎士や聖女として周囲から期待されていたふたりだが、もともとは、のし上がってやろうなどという野心とは程遠い性格だった。そんなブリッツとエリーゼには、島での生活が向いているのかもしれない。

それと、これは個人的な見解だが……ブリッツもエリーゼも、ちょっと無理をしすぎていたのかもしれない。

どちらも学園時代の成績が飛び抜けて優秀で、卒業してからも何かと話題にあがることが多かったので、世間はふたりを完璧超人のように扱っている。

だが師として、長らくふたりと行動をともにしてきた俺からすれば、決してそのようなことはない。ブリッツもエリーゼも、年相応の反応も見せるし、ミスだってするのだ。

本当はもっと素直に振る舞いたいと思う時もあっただろうが、それぞれ立場のある仕事に就いたため、なかなか素を出せずにいたって感じかな。

そう思うと、ふたりはギアディスを出て正解だったように思う。

久しぶりに再会した時も、逃亡中で心身ともに疲弊《ひへい》していたこともあっただろうが、どこか思い詰めているような印象を受けた。

しかし、エストラーダの城へ来て、国王陛下にここまでの経緯を説明しているうちに、顔色がどんどんよくなっていったように見える。

――まるで、今まで背負い続けていた重苦しい荷物を捨て去り、羽ばたこうとしているかのようだった。


国王陛下にすべての報告が終わると、すっかり夜となっていた。

城を出ると、真っ先に俺たちを出迎えてくれたのはパトリシア、イム、クレール、ルチア。

ブリッツとエリーゼがやってきた衝撃ですっかり忘れてしまっていたが、彼女たちは王都観光を楽しんでいたんだったな。

パトリシアが話してくれたところによると、途中から「黄金世代の残りふたりを俺が保護し、こちらへ向かっている」と城の関係者から教えてもらったらしく、急遽観光を切り上げて待っていたようだ。

パトリシアたちとブリッツたちは、互いに自己紹介を始める。

ブリッツとエリーゼが気になったのはやはり、以前の自分たちと同じように俺の教え子として行動をともにしているパトリシアのことだった。

「君がパトリシアか。噂は騎士団にも届いているぞ」

「大聖堂でも、あなたの素晴らしい才能はよく話題にあがっていたわ」

「そ、そんな……」

黄金世代を目標にこれまで頑張ってきたパトリシアにとって、ふたりはまさに雲の上の存在だった。

憧れのふたりからそんな言葉をかけられたパトリシアは、顔を真っ赤にして恐縮しっぱなしだ。

黄金世代が全員揃ったわけだが……パトリシアには、ぜひとも彼らからたくさんのことを学んでもらいたい。

ブリッツ、エリーゼ、ウェンデル、ジャクリーヌの四人には、それぞれ得意とする分野があり、俺はそれを徹底的に伸ばすように鍛えあげた。

小さな短所を潰すより、大きな長所をさらに成長させる方針だったのだ。

現状ではそれがうまく当てはまっており、今の四人の活躍に繋がっている。

ただ、パトリシアには彼ら四人の長所がすべて備わっていた。

ブリッツのような武の才能がある。

エリーゼのような慈愛の心がある。

ウェンデルのような柔軟な発想と思考力がある。

ジャクリーヌのような魔法を扱う技術と知識がある。

やがて、あらゆるジャンルで四人を超越するかもしれない。

今はまだ成長段階だが、パトリシアなら、ブリッツたちと行動をともにすることでいろいろと吸収できるはず。これからが楽しみだ。

そのあともブリッツたちは、調査団の他のメンバーと挨拶を交わしていく。

イムと握手をした際、ブリッツは何かに気がついたようで彼女に問いかけた。

「手にできたこのマメ……随分と熱心に鍛錬に励んでいるようだな」

「剣の修業のこと？　先生に毎日教えてもらっているよ？」

「なるほど。あの厳しい鍛錬にしっかりついていけているのか」

木でできた模造剣を使い、毎日剣術の鍛錬に明け暮れているイムの手には、特有のマメができていた。

そういえば、ブリッツも学園時代に似たようなマメがたくさんできていたな。それでイムが剣術の鍛錬をしていると分かったのか。

「兄弟子として、君の剣の腕を見せてもらいものだな」

「じゃあ、島に戻ったら一緒にやろう！　あたし……もっともっと強くなりたいんだ！」

「いいだろう。よろしく頼むよ」

ブリッツが聖騎士という称号を持つ凄腕の騎士であることをいまいち理解していないイムは、彼に修業をつけてほしいと願い出る。

なんとなく、彼女と話している時のブリッツは嬉しそうに見えた。

ストイックな彼はその類まれな才能に溺れず、聖騎士でありながら騎士団の誰よりも熱心に鍛錬を積んでいた。だが、やがて周りに、「ブリッツには何をやっても勝てない」という風潮が広まると、実戦形式の模擬試合でも露骨《ろこつ》に手を抜かれるようになったらしい。

さらなる強さを追い求め続けるブリッツにとって、イムは最高の修業相手になるかもしれない。

相乗効果に期待だな。

さて、一段落ついたところで、今日の寝床を確保しなければならないという重要な問題が残っているのに気がつく。

ちなみに大聖堂の関係者は城内で保護されることになり、ドネルは商会へ顔を出すということで別行動。

ここからは、ブリッツとエリーゼのふたりは俺たちと行動をともにする。

しかし、ギアディスの中でも重要な地位にいたブリッツとエリーゼがやってきたことで、エストラーダ国内に緊張感が高まるのかと思いきや……あっさりとこちらの自由にさせてくれたな。

まあ、ウェンデルやジャクリーヌの時もそうだったし、あのふたりが真面目にやっているから信頼されているのだろう。

島を案内したいところではあるが、今日は夜も遅いので王都で一泊し、明日の朝に島へ戻るとしよう。

「宿屋か……久しぶりだな」

「学生だった時は、先生やウェンデルやジャクリーヌと一緒によく泊まったわね」

懐かしむように語るブリッツとエリーゼ。

あの頃は遠征と称していろんな場所に行ったからな。

そのまま宿屋に併設された食堂に移動し、夕食はそこで済ませることになった。

「あっ！　イムさん！　私の肉団子《にくだんご》を取りましたね！」

「えっ？　あれパトリシアのだったの？」

「ケンカしちゃダメですよ、ふたりとも」

肉団子の取り合いをするパトリシアとイム。そしてそれをたしなめるクレール。

隣の席では魔法使いのルチアが、ジャクリーヌと魔法談議に花を咲かせていた。

なんだか最近は、ルチアもジャクリーヌの弟子って感じがしてきたな。

ブリッツとエリーゼのふたりは、こうして賑やかな食事をするのが本当に久しぶりらしく、喧騒《けんそう》を楽しんでいるようだった。

「なんだか……懐かしいな、この騒々しさは」

「私たちだと、よくウェンデルとジャクリーヌがケンカしていましたね」

「そうそう。ジャクリーヌが僕の肉団子をよく横取りして――」

「ウェンデル、濡れ衣《ぬれぎぬ》ですわよ！　横取りするのはいつもあなたの方でしょう！」

会話に加わってきたウェンデルとジャクリーヌを見て昔を思い出したのか、笑い合うブリッツとエリーゼ。

うん……この笑顔が見られただけでも、ふたりがこっちへ来てよかったと思える。

第12話　舞踏会に向けて

そして、翌朝。

準備を整えると、俺たちは宿を出てラウシュ島へ出発することに。

ブリッツとエリーゼにとっては初めての来島となるため、緊張半分、楽しみ半分という複雑な面持ちであった。

まあ、同期のウェンデルとジャクリーヌもいるわけだし、きっとあの環境にもすぐに慣れるだろう。

ちなみに今回は大人数なうえにお土産もあるため、船で島に戻ることとなった。

「……船、か」

今は港にある船を借りているが……自分たちで自由に使える専用の船があると便利だな。時間とか気にしなくていいし。ここには造船所もあるみたいだから、一度訪ねてみてもいいかもしれない。

全員を乗せた船はトラブルもなく、順調な航海を続けてラウシュ島へ到着。

初めて訪れたブリッツとエリーゼは興味深げに辺りを見回していた。

「ここがラウシュ島……」

「災いを呼ぶ島と呼ばれているだけあって、なんだかちょっと変わった空気が漂っていますね」

エリーゼは早速この島に「何か」があると感じ取ったようだ。

パジル村に住んでいる人以外で、この島に足を踏み入れた者がいた形跡がいくつも発見されている。その謎を解明するために調査をしているのだが……どうにも、この島には、まだ俺たちの知らない大きな秘密が隠されているような気がしてならなかった。

果たして、どんな秘密が隠されているのか。

いろいろとじっくり見て回りたいところだが、俺を含めた今いるメンバーはまだ先遣隊《せんけんたい》という立場。まずは島の全体像を掴むことに集中しなければならない。

しかし、黄金世代が揃い踏みとなり、ターナーたち職人が合流してさまざまな施設の建設に汗を流しているため、大人数による本格的な調査が行われるようになるのも時間の問題だろう。

その辺りは国王陛下の判断にゆだねるとするか。

島の調査に力を注いでいきたいが、まずは一週間後に迫った舞踏会について、島に残っている騎士団三人衆やターナーに話をしておかないと。

建設途中の村に向かうと、早速全員を集めて舞踏会が開催されることを告げた。

「舞踏会か……」

「やはり、調査団の一員である我々も出席を？」

「苦手とする舞台です……」

カーク、バリー、リンダの三人は揃って不安そうな表情を浮かべている。

まあ、騎士団って普通は護衛する立場であり、出席する方じゃないからな。生まれも貴族ではないので、そもそも客として参加したことがないらしい。

なので結局、カークたちは護衛という立場で舞踏会に出席する形で落ち着いた。

開催まで一週間しかないから、衣装などの用意も考慮するとその方がいいかもしれない。本人たちもかなりプレッシャーを感じていたみたいだし。

職人たちの方は、まとめ役であるターナーのみが出席する方向で決定。服を仕立てるために俺たちとは入れ違いで王都に向かった。

「ブリッツ、エリーゼ、舞踏会は君たちにも参加してもらうことになりそうだ」

ふたりが来て、黄金世代と呼ばれた人材が揃ったことも舞踏会でぜひ祝いたいと、国王陛下が先日の謁見のあとに言っていたしな。

「先生の顔に泥を塗らないよう、頑張ります」

「私もです」

ブリッツとエリーゼはそう言って、参加を快諾してくれた。

うん……このふたりに関しては、まったく心配いらなそうだ。

聖騎士と聖女という立場上、舞踏会のような大舞台はこれまで何度も経験しているはず。

性格上、ブリッツもエリーゼもあの場の空気を好まないだろうが、マナーはしっかり守って対応できるだろう。

ドレスの準備をしたパトリシア、イム、クレール、ルチアの四人の参加は確定。護衛として騎士団三人衆も同行。

こうして、舞踏会に出席するメンツが決定した。

舞踏会への出席者が正式に決まったところで、早速それに向けた準備を進めていく。

まず、真っ先にあげられる課題は――

「これよりダンスの特訓を行う」

「「特訓!?」」

俺の言葉に真っ先に反応したのは、パトリシアとイム。

ダンスではなく「特訓」の方に食いつくのか……とツッコミを入れそうになったが、ふたりの性格からすると、むしろそちらの方が自然か。

一方、クレールは青ざめていた。

ドレスを選ぶ時はあんなに楽しそうだったのになぁ。

ともかく、せっかく晴れの舞台に上がるのだから、たとえ付け焼刃でも、少しくらいは踊れるようにしておいた方がいい。

そこで完成間近である調査団の詰め所の一室を借りて、ダンスの練習をすることになった。

ちなみに、講師はブリッツとエリーゼが務める。

「まず、俺たちがお手本に踊ってみる」

「参考にしてください」

こういった舞台に慣れているブリッツとエリーゼが軽く踊ってみせる。

軽く、と言ったが、それでもさすがに慣れているだけのことはある。まるで翼が生えているかのような軽やかなダンス……おまけに美男美女という組み合わせが、より一層の神々しさを演出していた。

しかし、俺も久しぶりにふたりのダンスを見たが……ふむ。場数を踏んでいるから当たり前といえば当たり前だが、俺が学園にいた頃よりもずっと上達しているな。

肝心のパトリシア、イム、クレールの三人は「おぉ～！」と声を揃えて感心していた。

そういう反応になっちゃうよなぁ。

ひと通り踊り終え、ブリッツとエリーゼが最後にペコリとお辞儀をする。

あれだけの動きをしながら、息はまったく乱れていない。

「さすがだな、ふたりとも」

「さすがですね！」

「凄ぉい！」

俺に続いて、パトリシアとイムが感嘆の声をあげる。

「でも、こうして見ていると……ブリッツさんとエリーゼさんってお似合いのふたりって感じがしますね」

「「っ⁉」」

「聖騎士と聖女……確かに、お似合いですね」

「結婚しちゃえばいいのに～」

「「っ⁉⁉」」

クレールのひと言から始まり、パトリシアとイムが無自覚に放った言葉がウェンデルとジャクリーヌに突き刺さったみたいだ。

「結婚か……今の俺はまだまだ未熟。そこまで考えられないな」

「私もブリッツと同じ考えよ」

動揺しているウェンデルとジャクリーヌをよそに、しっかりとした結婚観を口にするブリッツとエリーゼ。

その話を聞いてホッと胸を撫で下ろしているウェンデルとジャクリーヌ。

……いや、それでいいのか？

まあ、ひとまずこの話題は置いておくとして――

「見本はこれくらいにして……それじゃあ、早速練習へ移るとしようか」

「「はい！」」

流れを変えるため、俺は早速練習を開始することにした。

ダンスということで、練習にはパートナーが必要になってくるが、パトリシア、イム、クレールの三人だと数が余ってしまう。

「あ、あの、先生」

「うん？　どうした、パトリシア」

「私と練習をしてくれませんか？」

「俺とか？　それよりも経験豊富なブリッツの方が――」

「ぜひお願いします！」

パトリシアから、食い気味に迫られる。

熱意に押される形で俺はパトリシアとパートナーを組み、クレールとイムが一緒に練習することになった。

もともとブリッツとエリーゼにダンスの基礎を教えたのは俺だから、踊れないわけじゃないのだが……ひとつ、問題が発生した。

「パトリシア、ダメだ。すまないが、俺は君のパートナーに相応しくない」

「ど、どうしてですか!?」

パートナー解消を告げられ、納得のいかない様子のパトリシア。……けど、これぱかりはどうしようもないのだ。

「俺たちではその……身長が、な」

「あっ！」

そこでパトリシアはようやく気づいたようだ。

俺と彼女とでは、ダンスをするのに身長差がありすぎる。

抗《あらが》いようのない現実を目の当たりにしたパトリシアは、それでも諦めきれないらしく、俺に詰め寄る。

「待ってください、先生！　ちょっと身長を伸ばしてきますので！」

「今からか!?」

さすがにそれは不可能なので却下。

パトリシアはジャクリーヌに「今すぐ身長を伸ばせる魔法薬を！」と迫っていたが、当然そんな物はないので、その作戦も失敗に終わる。

結局、パトリシアはエリーゼと一緒に練習をすることになったのだった。

†

こうして、賑やかにダンスの特訓を終えた夜。

俺は水晶を使って城にいるグローバーと連絡を取った。

「夜分遅くに申し訳ないな」

『いえいえ！　それより、どうしたんですか？』

「実は、折り入って頼みがあるんだ」

『オーリン先生の頼みとあらばなんなりと！　……まあ、あまり無茶なご要望は勘弁していただきたいところですが』

「……ちょっと無茶かもしれん話だ」

『と、いうと？』

「調査用の船を一隻用意してもらいたくてな」

今までの船といえば大陸への移動用として使用し、しかもエストラーダからの借り物だった。

しかし、自分たちで自由に使える船が欲しいと頼んでみたところ――

『それならばお安い御用ですよ』

「い、いいのか!?」

グローバーからのまさかの即答に、思わず大きな声が出てしまう。

『えぇ。明日にでもエストラーダの造船所に連絡を入れてみましょう。なんなら、どの船がいいのか見に行きますか？』

「あ、あぁ、助かるよ」

思いのほか、すんなり決まって少し驚いている。

ともかく、明日にでも造船所へ出向き、手ごろな船がないか見てくるとしよう。

『あっ、そうだ。これも伝えておかないといけなかったです。……先ほど発覚したばかりですが』

「うん？　何かあったのか？」

『例のオズボーン・リデア副団長の件です』

「っ！」

オズボーン・リデアとは、レゾン王国の副騎士団長を務めていた人物で、現在は失踪《しっそう》扱いとなっている。

ラウシュ島には、そのオズボーン副騎士団長が上陸していたと思われる痕跡がいくつも見つかっている。しかし、未だにその生死さえ確認できていない。

どうやら、それについて新しい情報があるようだ。

最近は王国周辺でいろんなことが起きているのでなかなか調べられないだろうから、報告も遅れると予想していた。

それがこんなに早く情報を掴んでくるとは……やるじゃないか、グローバー。

「それで、どんなことが分かったんだ？」

『……あまり喜ばしい報告でなくて残念ですが、オズボーン副騎士団長に直接関わる情報ではなく、彼がいたレゾン王国についてなんです』

なるほど……だが、レゾン王国についての情報も、手薄なのは確かだ。

学園を出てから移住する候補地として、実はレゾン王国の名前も挙げていたんだがな。

「レゾン王国……確か、今は王家の姫様が行方不明で大騒ぎしているらしいな」

このゴタゴタが、移住先をエストラーダに決めた一番の理由だった。

『そうなんですよ。今もフィオーナ姫は見つかっていないらしいのですが、国内の情報がほとんど出ていないので真偽は不明です』

「国民も気が気じゃないだろうな」

ギアディスとはまた違った理由で心配になるな。

『それで、ここからが本題ですが……そのレゾン王国が、最近になってある国と同盟を結んだようです』

「同盟だって？　どの国とだ？」

『ギアディス王国です』

「何っ!?」

まったく想像もしていなかった名前に、俺はたまらず叫んでしまった。

ここでギアディスの名を聞くとは思ってもみなかったな。

「その情報はどれほど信頼できる？」

『これに関しては、先生と一緒にこのエストラーダ入りをした司祭からのものです』

「サイアン司祭の……」

ならば、信憑性はあるな。

彼なら国政関係者にも顔が利くし、そういう情報を手にしていてもなんら不思議ではない。それに、レゾンとギアディスには共通点がある。

「そういえば……どちらの国も、現在国政が安定していないな」

『しかしだからといって、このふたつの国が同盟を結んだところで国内のゴタゴタは解決しないと思うんです』

「確かにな」

これについては俺も同感だ。

そうなると、なぜ両国が手を取り合ったのか……そこが不透明で不気味だ。

『何が目的なのでしょうか？　……連合軍を結成して、どこかに戦争を仕掛ける気でしょうか？』

「まさか、と思いたいが……今のギアディスは言ってみれば手負《てお》いの獣《けもの》。同盟軍という形で協力し、捨て身の戦法に打って出る可能性もなくはない」

ただ、その方法は諸刃《もろは》の剣《つるぎ》だろう。相当リスクも高くなるはずだ。

『いずれにせよ、今後も動向を注視していくつもりですが……これで、島で発見された難破船や記念硬貨に関して、レゾン王国からの情報入手は困難になりました』

ギアディスとの同盟が結ばれたということは、そこから脱出した者の多いエストラーダからの要請は受けつけてもらえない可能性が高い。

もし、情報を集めるとしたら……現役の騎士団関係者ではなく、すでに身を引いて無関係となっている者の方がよさそうだ。

もっとも、そんな限られた条件の者がそう簡単に見つかると思えないが。

「……分かった。いろいろと調べてくれて助かったよ、グローバー」

『そんな……むしろ詳細な情報を手に入れられず、申し訳ないです』

「大丈夫だ。この島にまだヒントが眠っているかもしれないし、これからみんなでじっくり調べてみるよ」

『了解です。調査の成功を祈っています』

「あぁ、ありがとう」

――っと、話の終わりかけに気づいた。

最後にひとつだけ、これだけは伝えておこう。

「そういえば、昨日お城でミラード卿に呼びとめられたよ」

『えっ!?』

明らかにグローバーの声色が変わった。

『……どんなお話を?』

「軽い挨拶程度だけど……何かまずいのか？」

『い、いえ……先生だからお話ししますが――現在、我が騎士団では彼の身辺調査を行っています』

「………」

グローバーからその話をされるとは意外だった。

まあ、本当は黙っていなければならない機密情報だろうが、ラウシュ島の調査を担当し、一週間後の舞踏会に調査団の代表として出席予定の俺に何かあったら、国のメンツとしてもまずいので忠告をしたってところだろうな。

『まだ何も詳細な情報は入ってきていませんが……彼が国内の情報を他国にリークしている疑いがあります』

なんてことだ……バンフォードさんの予想通りの展開になってきたな。

「もしそれが本当なら一大事だな」

『えぇ……ですから、もしかして先生に近づいたのも何か裏があるのではと……』

「昨日会った限りでは、そのような企みは微塵《みじん》も感じなかった。……俺を引き入れるというより、あの口調はむしろ敵視しているような気さえする」

『敵視……ですか？』

「あくまでも感覚的な話だ」

『な、なるほど。とにかく、ミラード卿の動向には十分注意してください』

「そうするよ」

本日の連絡会はこれにて終了。

それにしても、グローバーからもたらされた新たな情報はいろいろと衝撃的だったな。

ギアディスとレゾンの不穏な動き――俺たちも注意しなくてはいけないな。

第13話　造船所へ

翌日。

グローバーからの提案により、俺たちラウシュ島調査団は、新たに自分たちで使うための船を調達すべく、王都にある造船所へ向かっていた。

ちなみに、メンバーは俺と黄金世代、パトリシア、イム、クレールの合計八人。

他のメンバーは村づくりの手伝いに出ている。

職人たちのリーダーを務めるターナーによれば、こちら側の港の整備は間もなく終了するとのことだったので、船の受け入れもすんなりできそうだ。

ラウシュ島の港町は、先代国王が秘密裏《ひみつり》につくっていたものだ。俺たちがここへ来た時にはすでに廃墟《はいきょ》のようになっていたが……一体、何を目的としてあのような町をつくり、そして実際に運用することなく放置していたのか。

それに当時王子だった現国王にさえ、何も打ち明けていなかったという点も気になる。

しかし、だからといって放置しておくには勿体《もったい》ない。

そう判断し、諸々改修をして俺たちが使わせてもらうことにしたんだ。

「……再利用するなら、あの近辺も調査してみる必要があるな」

港自体はすでに調べているが、周りについてはまだ手つかず。隠されている秘密があるかもしれないし、念入りに調査しておこう。

そんなことを考えていると、パトリシアがやってきた。

「先生、みんなの準備が整いました」

「よし。すぐに出発しよう」

「はい！」

とりあえず、俺たちは潮の道を通って王都にある造船所へ向かうことにした。


しばらく歩き、無事王都へ着くと、造船所には比較的すぐ到着した。

ところで、造船所へはこれまで足を運んだことがなかった。しかし遠目からでも、「あそこが造船所か」と分かるくらい特徴的な建造物なので、存在自体は前から知っている。

今もどこかから発注があったようで、大きな商船をつくっている様子だ。

「おっきな船！」

「あ、あれを私たちが使えるんですか⁉」

初めての造船所に興奮気味のイムとパトリシア。

「いや、さすがにここまで大きい船をもらえるとは思えない……それに、こいつは貨物を積み込むスペースが多いからおそらく商船だ」

するると、作業服に身を包み、海と同じ深い青色をした長い髪をなびかせながら歩み寄ってきた女性に言われる。

「随分と船に詳しいな」

「船舶《せんぱく》に興味が湧いて、いろいろと調べていた時期があったんです。それにしても、あそこで建造中の船は素晴らしいですね」

「それはあたいら船大工とって最大の賞賛《しょうさん》だね。……っと、まだ名乗っていなかったな。あたいはこのシーガンス造船所の三代目所長――マリン・シーガンスだ」

「初めまして、ラウシュ島調査団の団長のオーリン・エドワースです」

まさかとは思ったが……造船所の責任者が女性だったとは。周りで作業をしている職人たちは屈強な男性ばかりなので、ちょっと意外だった。

俺とマリン所長は挨拶を済ませて、固い握手を交わすと、早速提供してもらえる船について話を進めた。

「島を調査する船が欲しいんだってね？　なら、なるべく足が速くて小回りの利くヤツがいいんじゃないかと思っているんだが……団長さんの意見は？」

「俺もまさにそうした船を希望しようと思っていたところです」

「へぇ、話が分かるね」

ニヤッと笑うマリン所長。

その反応を見る限り、どうやら船については期待してもよさそうだ。


それから、マリン所長が案内してくれたのは二番ドック。

船を建造する場だけあって、かなり大きな空間だ。ここに、わざわざ俺たち用の船を用意してくれたらしい。

ちなみに二番ドックには、先にグローバーが到着していて、俺たちを待っていた。

俺たちが来るまでに、船について交渉を進めてくれていたようだ。

それにしても……こんなにすぐ案内してくれるなんて、随分と手際がいいな。

グローバーが話を持ちかけたのは今朝のはずだが、まるでだいぶ前から用意していたかのようだ。

ちょっと気になって尋ねてみる。

すると、意外な答えが返ってきた。

「実を言うと、城の連中から連絡を受けるよりもずっと前から、あんたたちにこの船を渡そうと改修作業をしていたのさ。完成の目途が立ったからあんたらを紹介してもらおうと、近々城へ行こうと思っていたんだが……これも運命ってヤツかね」

「俺たちにこんな立派な船を？」

「そう。……しかも、無償で」

「ど、どうしてそこまで……」

俺が尋ねると、マリン所長の視線が海へ向けられた。

見つめる先にあるのは――ラウシュ島だ。

「あたいは生まれも育ちもこのエストラーダの王都でさ。物心ついた頃から父親の仕事を手伝っていたんだ」

「……ずっとこの海を見つめてきたんですね」

「その通り。……それで、あのラウシュ島がどんな場所か、ずっと気になっていたんだ。いつか自分のつくった船で乗り込もうと考えていたんだが……ほら、あそこは曰《いわ》くつきだろ？」

「ま、まあ……」

それは、災いを呼ぶ島って言われているくらいだしな。

「それが原因で、今まで誰も近づかなかったあの島に、あんたは仲間を引き連れて乗り込んで、いろいろと調査してるっていうじゃないか。あたいとしては、そんなあんたたちを応援したくてね」

ふむ……筋は通っているな。

変に勘ぐってしまったが、特に裏があるというわけじゃなさそうだ。

――と、思っていたが、そうでもないらしい。

「それに……あんたって、めちゃくちゃ強いんでしょ？」

「えっ？」

「最近何かと周りの国で物騒な事件が起きてるっていうし、いざとなったら王都を守るために戦ってもらおうかなって」

「マ、マリン所長！」

慌ててグローバーが止めに入る。

この様子だと……おそらく、マリン所長は近隣諸国で怪しげな動きがあるという噂を耳にはしているが、その国というのがギアディスで、俺がそこから追い出されたことは知らないらしいな。

……まあ、それについては俺も思うところはある。

何せ、うちには今――黄金世代の四人が集まっているからな。

ギアディスも、彼らがエストラーダへ移住したことは薄々勘づいているだろうし……おまけに、最近になってレゾン王国とも同盟を結んだという。

そうなると、両国の連合軍がこのエストラーダを標的とする可能性もなくはない。

黄金世代の実力を知っている者であれば、ブリッツやジャクリーヌという戦闘面における大看板を相手にしたくはないはず。だが、ギアディスの軍勢を率いているのは、あのカイル・アリアロードだ。

何をしてくるか……別の意味で行動が読めない相手といえる。

「……マリン所長」

ひとつ息を吐いて、俺はマリン所長とグローバーに向き直った。

そして、ある決意を口にする。

「俺は——今、このエストラーダ王国の国民です。もし、自分の住んでいる国が危機に陥ったら……助けようと力の貸すのは当然でしょう」

「っ！　せ、先生……」

グローバーは今にも泣きだしそうなほど目を潤ませた。そんな彼の様子を見て、マリン所長は「あっはっは！」と豪快に笑いだした。

「さすがはあたいが見込んだ男だ！　まあ、そうならないよう、騎士団には頑張ってもらわないといけないね！」

「も、もちろんだ！」

口調は強いものの、グローバーは耐えきれなくなったようで涙を流しながら敬礼する。

やれやれ……涙もろいところは変わらないな。

「へへへ、そうでなくっちゃ」

マリン所長は満足したように笑みを浮かべると、改めて俺たちに船を紹介してくれた。

「これがあんたたちの船だ。頑丈で足が速く、小回りも抜群……好きに使ってくれよ！」

ドックで俺たちを待っていたのは、青を基調とした小型の船。

……いいな。まさに俺の望んでいたタイプの船だ。

見とれていると、マリン所長に尋ねられる。

「ところで、船員はどうするんだい？」

「一応、俺も船に関する最低限の知識と技術は持っている。それと、騎士団及びうちの元教え子たちもそれなりの訓練を受けている」

「ふぅん。なら、すぐにでも乗って島へ戻れるけど……どうする？」

「では、頼もうか。みんなを呼んでくるよ」

こうして俺たちは専用の船を手に入れた。

これでラウシュ島の調査の幅が、大きく広がることになるだろう。

本職の船乗りには勝てないだろうが、そこまで大きな船ではないし、島の周囲を見て回るくらいならば俺たちだけでもカバーできるだろう。

確認してみたところ、造船所へやってきたメンバーの中では、俺とブリッツ、そしてウェンデルが船に関する知識を持っている。

というわけで、ブリッツとウェンデルを呼び、早速この船で海に出る準備を進めていくことにした。

他のメンバーには協力して船に荷物を積み込んでもらう。これは、マリン所長が用意してくれた、船旅に欠かせないアイテムばかりだ。

「さあ！　手分けして作業を進めていきましょう！」

「「おーう！」」

パトリシアを中心に、イムとクレールが必要な荷物を船へ積み込んでいく。

その間、俺とブリッツとウェンデルとクレールは、マリン所長から船の詳しい仕様について簡単な講義を受けた。

「……と、いうわけだ。何か質問は？」

「こちらは問題ない」

「俺も大丈夫です」

俺とブリッツに続き、ウェンデルも返事をする。

「僕も！　……でも、正直驚きました。シンプルな構造なのに、ギアディスにあったどの船よりもずっと多機能で使いやすい……感服しました」

「そりゃ当然だろう？　あたいたちはずっと海を相手に商売してきたからね。兵力やら資源やらではさすがに太刀打《たちう》ちできないけど、造船技術ならギアディスにも負けていない――あの国とは年季が違うさ」

マリン所長が言うと、なんとも説得力がある。

ギアディスにも海に面している町はあるし、港もある。当然、造船所もいくつか存在していた。

しかし、海沿いに王都を構えるエストラーダの方が諸々の規模は大きいし、職人の技術力も高い。まさに海とともに生きているという感じ――海に対する思い入れの深さがまるで違うのだ。

「しかし今さらだが、……本当にこんないい船を無償で提供してもらっていいのか？」

「なぁに、その分しっかりとあの島について調べてくれればそれでいいよ。――なあ、おまえたち！」

「「「「おぉう！」」」」

俺の疑問にマリン所長が、そして仕事に勤《いそ》しむ船大工たちは勇ましい声で返事をする。

マリン所長だけでなく、この王都で生まれ育ち、子どもの頃から海に慣れ親しんでいる者にとっては、やはりラウシュ島の存在が気になって仕方がないらしい。

「ラウシュ島の謎、か……エストラーダの人々にとって、本当に気になる場所なんだな、あそこは」

「まあ、生まれた時からずっと目に見える距離にある島であるにもかかわらず、まったく情報がありませんでしたからね」

一人呟くと、クレールからそう返された。

なるほど……さすがにクレールが言うと説得力があるな。彼女もまた、似たような理由で調査団入りを希望したわけだし。

「オーリン先生！　荷物の積み込みが終了しました！」

そんなことを思っていると、パトリシアが大声で出港準備が完了したことを伝えに来てくれた。

「さて、それじゃあ……帰りは優雅な船旅と行くか」

俺がそう提案すると、みんなから歓声があがる。

大陸と島は、これまで何度も船で行き来しているのだが……ふむ。自分たち専用の船というだけで、得られる特別感がまるで違うな。

大袈裟かもしれないが、見える景色もまた違って感じられるから不思議だ。

「それじゃあ、頑張っておくれよ。あたいたちも応援しているからね。困ったことがあったら相談しておくれよ」

「ありがとう。感謝するよ」

マリン所長と船大工たちに礼を述べて、俺たちは船に乗り込んだ。


こうして、俺たちは船で島へと戻る。

彼女が見立てた通り、この船は小回りの利く、まさに島調査にうってつけの逸品《いっぴん》だった。

そして、この船を停泊させておく港だが——これもまた大きな進化を遂《と》げていた。

「おぉ！　凄いな！」

船からラウシュ島の港を見て、興奮のあまり声をあげてしまった。

港から俺たちが初めて発見した時の、あの寂《さび》れた面影が綺麗サッパリ消えている。今はまだ職人のみだが、船の往来が活発になればとても賑やかな港になるだろう。

俺たちが船で到着すると、たくさんの職人や、カークたち騎士団三人衆が迎えてくれた。

「これが新しい船か！」

「調査団のための船って……凄いですね！」

「サイズも小さめで可愛らしい！」

「いやいや、これはかなりの技術力が使われているよ……」

「……ウェンデルの悪い癖が出ましたわね」

うんざりしたように言うジャクリーヌと、苦笑いを浮かべるブリッツ＆エリーゼ。

黄金世代の四人はよく知っているのだ。ウェンデルが技術論を語りだすと非常に長くなることを。

技術者魂に火がついたウェンデルは、職人やカークたちにマリン所長から譲ってもらった船の素晴らしさについて熱く語っていく。

騎士団三人衆はピンと来ていないようだが、ターナー率いる職人たちは、ジャンルこそ違うものの、同じ技術職人であるため、細部にわたるこだわりを解説されて感心しきりだった。

とりあえず、彼らの技術談義はそっとしておいて、俺たちは王都から持ち帰った物資を運び出すとするか。

「あっ！　荷物の運び出しなら、私たちも手伝います！」

ターナーと状況に気づいた職人たちが、協力して作業へ取りかかる。

「それにしても、本当に立派な船ですね」

「俺も驚いたよ。それより、ここの整備も凄いじゃないか。これなら立派に港としての役割を果たしてくれそうだ」

「ありがとうございます」

ターナーをはじめ、多くの職人たちが力を結集し、寂れていた港町は素晴らしい復活を果たした。

まだ周辺の民家は手つかずだが、ここもいずれは改装して宿屋などもつくっていきたい。

「これなら物資の補給は向こうの港と連携し、定期的に実施することも可能だな」

「でしたら、その手はずは僕にお任せください」

そう名乗り出たのはドネルだった。

見習いとはいえ、バンフォード商会の一員である彼ならば、商会独自のコネクションも持っているだろうし、任せても大丈夫そうだな。

まあ、今後のことも考えて、経験を積ませるのも大事だしな。

「分かった。物資の補給に関しては君に一任しよう」

「はい！」

そう答えたドネルは表情も明るく、ハツラツとしている。

これは期待が持てそうだな。

「先生、明日はこいつで島の反対側へ行くんですか？」

ターナーやドネルとの話を終えると、今度はウェンデルがやってきた。

国内でも屈指の魔道具技師である彼でも、さすがに造船の技術はなかった——が、実際に船を目の当たりにして、強い関心を抱いたようだ。

さすがの好奇心だな。

ただ関心を持つのではなく、それを徹底的に分析して自身の力に変えようとする姿勢は素晴らしい。最大の長所が変わっていなくて何よりだ。

「そのつもりでいる。……ところで、ウェンデル」

「はい？」

「いずれ船のお礼もかねて、また造船所を訪ねようと思うんだが……その時は一緒に来るか？」

「……！　ぜ、ぜひ！」

物凄い食いつきだな。

ウェンデルが造船技術に詳しくなってくれると、こちらとしてもありがたい。

何かトラブルがあった時、軽微なものであれば造船所に向かわなくてもこちらで対処できるようになるし、実に楽しみだな。

楽しみといえば、人員やアイテムも揃ってきたことで、島の再調査が待ち遠しくなった。

その前に……やるべきことがある。

そう——舞踏会に向けての特訓である。

†

舞踏会の前日。

「はあ、はあ、はあ……」

「どうした、パトリシア。君の熱意はその程度か？」

「まだまだ！　ブリッツ先輩、もう一度お願いします！」

明日に迫った舞踏会に向けて、ダンス特訓にも熱が入る。

……というか、とてもダンスをやっているようには見えない。まるで剣術特訓みたいな空気じゃないか。

イムやクレールはすでに練習を終えていたのだが……こちらはさらにヒートアップしていた。

「そうだ！　今の動きを忘れるな！」

「はい！」

先輩であるブリッツはパトリシアに熱意ある指導を続けていた。

うーん……熱くなりすぎると冷静さを失う悪癖が、こんなところで出てしまうとは。

パトリシアも……凄い気迫だな。

「まるで強力なモンスターと対峙しているようですわね」

ジャクリーヌの指摘がとてもしっくりくる。

優雅で華麗なダンスというより、戦場での力強くてたくましい勇姿を見ている感じに似ている。

その熱意はブリッツにも伝染していた。

教え方としては問題ないのだが、暑苦しさがダンスのそれじゃない。

「今だ！　そこでターン！」

「はあああっ！」

うん。

雄々しいし、頼もしいし、これが実践形式の訓練であれば文句なく満点をあげたくなる……が、残念ながらダンス特訓となると評価が一変する。

「さすがにこれ以上は見過ごせませんわ」

ここでジャクリーヌが動いた。

俺もそろそろ止めに入ろうかなと思っていたので、絶妙なタイミングだ。

パトリシアの横に立つと、ジャクリーヌは優しく語りかける。

「力が入りすぎていますわよ、パトリシアさん」

「そ、そうなんですか？」

「もっとリラックスして。はい、深呼吸」

「スー、ハー」

「では、もう一度やってみましょうか」

「はい」

お？　パトリシア、肩の力が抜けたみたいだな。さっきまでのぎこちなさが解消している。

今の指摘はよかったな。相手をしっかり見ているからこそできることだ。

俺のクラスに合流したばかりの頃は、「わたくし、馴れ合いはいたしませんので」とか言っていたのになぁ……

まあ、以前、その話を振ろうとしたら、『先生……あの頃の話は勘弁してくださいまし』と、顔を赤くしながら訴えていたから、今となっては若気の至りと反省しているのだろう。

「ブリッツ、あなたもいつもの悪い癖が出ていましてよ？」

「むぅ……そ、そうだったか……すまない、ジャクリーヌ」

思い当たるところがあったのか、素直に受け止めて猛省《もうせい》するブリッツ。

その様子を見たウェンデルがニヤニヤ笑いながら、「そうやっていると、子どもの教育方針でもめる夫婦みたいだね」と茶化す。

「ウェ、ウェンデル⁉　何を言うの⁉」

「そうだ。俺とジャクリーヌは結婚していないぞ？」

「あっ、そういう根本的なところからか」

ウェンデルは何かを悟ったようで、急激にテンションが下がっていった。

そんなウェンデルを見つめるエリーゼは、相変わらずいつもの優しい笑みを浮かべている。

ともかく、ジャクリーヌとブリッツの指導を受けて、パトリシアのダンス技術はさらに向上していった。

「よく頑張ったな、パトリシア」

「これもすべては先生と踊るためです！」

滴る汗を腕で拭いながら、充実感に溢れた表情でパトリシアは語る。

……さては、身長差のことを忘れているな？

第14話　舞踏会当日

舞踏会当日の朝。

この日は、エストラーダから迎えの船が来るということで、出席者は全員港へ集まっていた。

先日、俺たち専用の船を入手したばかりなので、今回はそいつに乗っていこうと思っていたが、残念ながら定員オーバーのため、グローバーが大きめの船をあらかじめ用意してくれたのだ。

出席するメンバーは――俺、パトリシア、イム、クレール、そして黄金世代の四人、ドネル、ルチア、騎士三人衆、さらに職人を代表してターナーも出席する予定だ。

「ほ、本当に自分なんかが出席していいのでしょうか……」

この時のために準備していたスーツに袖《そで》を通したターナーは困惑していた。

大勢の貴族が集まる場所に、職人である自分が出席していいのかという葛藤があるらしい。

しかし、俺からすれば彼の出席は当然といえる。

「何を言う。君がいてくれたからこそ、調査拠点がこうして充実してきたんじゃないか。今や君も欠かせないうちのメンバーさ」

「オーリン先生……ありがとうございます」

どうやら、ターナーも腹をくくったようだな。

他の職人たちも、「頑張ってきてください！」とエールを送り、それもまた彼の覚悟を後押しする手助けとなっていた。


しばらくして、ラウシュ島の港に迎えの船が到着した。

だが……想定していたよりもずっとでかいし、何より豪華な船だ。

「また凄い船で来たな、グローバー」

「先生をお迎えするのであればこれくらいは必要かと」

そういうものか？

いろいろと疑問点はあるものの、「先生、早く行きましょう！」とパトリシアたちに背中を押されて乗船することに。

「やれやれ、物怖《ものお》じしないというかなんというか……」

「いいじゃないですか。先ほどの言葉をお借りすれば、オーリン先生こそ島の調査団に欠かせないメンバーですから。これくらいの待遇を受けるのは当然だと思いますよ」

「そ、そうか？」

クレールはそう言ってくれるが……正直、あまり実感はないがなぁ。調査団としてはまだなんの成果も出していないわけだし。

まあ、期待されていると捉えれば、心身ともに引き締まるというものだが。

船に乗ってから出航するまでの間、パトリシアとイムは船内を見て回るとはしゃぎ、クレールが保護者のような立場でそれに同行。

黄金世代の四人もそれぞれリラックスしているようだし、ドネルとルチアとカークたちも各々《おのおの》自由に過ごしている。

そんな時、俺の脳裏に浮かび上がったのは――以前、城内で顔を合わせたミラード卿だった。

あれから、特にこれといった接触はない。

だが、その周辺に何やら怪しい動きがあると睨《にら》んでいるエストラーダの騎士団は、その動向を密かに追っているそうだ。

舞踏会を迎えるまでの間に、何度かグローバーともやりとりをしたが、ミラード卿の名前は一度も出てこなかったな。

いくら相手が俺でも、そう簡単に騎士団の任務内容を口にできないのかもしれないが……前にあれだけ詳しく情報を教えてくれたことを考えると、本当に目立った進展はなかったと見た方が自然か。

あとはやっぱり……ギアディスとレゾンの同盟関係だ。

こちらも特に報告を受けていないので、現在まで表立った行動を起こしていないようだ。

とはいえ、どちらも問題を抱えている国であるのは間違いない。

今後、どういった動きをしてくるか注視しておく必要がある。

——っと、いかんいかん。

これから華やかな舞踏会へ出席するのに、こんな重苦しいことを考えていては本番に悪影響が出る。

今回は調査団のお披露目がメインとなるパーティー……代表を務める俺がしっかりしなければ、周りのメンバーを不安にさせてしまう。それだけは絶対に避けなければな。

気持ちを新たにした頃、大陸が見えてきた。

……さあ、いよいよ会場へ乗り込むぞ。

船旅を終えてエストラーダの港へ到着すると、なんだかいつもより賑やかだった。

どうやら今日の舞踏会に合わせて、王都もちょっとした盛り上がりを見せているようだ。

そのパーティーに俺たちが招待されていることを知っている王都の人は、すれ違うたびに声をかけてくれた。

「先生さん、今日はお城で主役だそうじゃないですか」

「頑張ってくださいよ！」

「期待していますからね」

「あはは……任せてください」

王都の人とのやりとりは今に始まったことではない――こうして振り返ってみると、すっかり顔馴染みになったものだな。

造船所のマリン所長も、わざわざ激励するために駆けつけてくれたし。

人の数は城へ近づくたびにどんどん増えていった。

朝市の時間帯ということもあって、人出がもともと多かったからな……それに気さくに声をかけてくれるのが嬉しかった。

おかげで、大舞台を前にリラックスできたよ。

城へ到着すると、女性陣はドレスへ着替えるため、俺たちとは別行動を取ることになった。

「男の僕たちは時間を持て余しますねぇ」

ウェンデルがそう言うので、男性陣は全員で城の中庭へ向かうことにした。

そこでは騎士団が今日の舞踏会の警護のために集まっており、ブリッツとウェンデルは、その騎士団がどれほどの規模なのかチェックしている。

元ギアディス王国騎士団のエースで、将来は騎士団長の筆頭候補として挙げられていたブリッツが気にするのは分かる。

しかし、そうしたかしこまった場が苦手なウェンデルが意外と乗り気であった。

どうやら、彼の狙いは騎士団の装備にあるらしい。

さすがはアイテムマニアの技術職。

造船所でも強く感じたが、異国の地に移り住んでも、その本能は健在なようだ。

そうした貪欲《どんよく》さが、ウェンデルの強みでもあるわけだが。

その時、ふと気づくと、こちらに歩み寄ってくる人物がいた。

場所が場所だけに、最初はミラード卿かと思わず身構えてしまったが、どうやら違うらしい。

——しかし、俺にはひと目でその人物が只者ではないことが分かった。

「失礼。オーリン・エドワース殿ですか？」

「……はい。そうですが」

声をかけてきた男性の年齢は、四十代後半から五十代前半。

立派な顎髭《あごひげ》を蓄えており、左頬《ひだりほほ》には大きな十字傷があった。

「ご挨拶が遅れてしまい、申し訳ない。私はこのエストラーダ王国騎士団の団長を務めております、バルフェルという者です」

「っ！　あ、あなたがバルフェル騎士団長でしたか！」

グローバーから話は聞いていたが、こうして顔を合わせるのは初めてだった。

バルフェル・ゴードナー。

こう言ってはなんだが、名前からして厳《いか》つさが伝わってくる。

実際、その名前に負けないくらいの迫力があり、また、それに相応しい風格も備えていた。

仮に、彼の職業を伏せて紹介されたとしても、名のある騎士か、分団長以上の立場にある者だろうとひと目で分かる。

「長らく遠征に出ており、お会いできる機会を設けられず……」

「いえ、お気になさらず。こうして顔を合わせられて大変光栄ですよ」

「そう言っていただけると助かります」

俺とバルフェル騎士団長は固く握手を交わした。

それから、突然の騎士団長登場によってガチガチになっていたドネルやターナーにも声をかけ、こちらも挨拶を終える。

すると、それまで穏やかだったバルフェル騎士団長の顔がキッと引き締まった。

その表情で、大体のことを察した。

どうやら……俺たちにとってよろしくない報告があるらしい。

「何か……あまり歓迎できない事態になったようですね」

「ほぉ、さすがはオーリン殿。私の気配で事態を察知されましたか」

「そ、そうなんですか？」

ドネルは気づいていなかったようだが、俺からすれば、ついさっきまでとはまるで別人のようなオーラを出しているのだ、ひと目で分かる。

おそらく、バルフェル騎士団長も分かりやすいようにわざと気配を変えたのだろうな。

「……試すような真似をしてしまい、申し訳ありません」

バルフェル騎士団長は即座に謝罪した。

「少し、あなたの耳に入れておいていただきたい情報がありまして」

「その情報とは？」

「ギアディスとレゾンの軍事同盟についてです」

「っ！　……それは大変興味深いですな」

ある意味、今一番ホットな話題だからな。

追い詰められている両国が手を結んだ——その結果、戦火は間違いなくこのエストラーダにも広がってくるだろう。

バルフェル騎士団長は、それについて俺と話がしたいようだった。

†

ギアディスとレゾンの軍事同盟について詳細な話を聞くべく、俺、ドネル、ブリッツ、ウェンデルの四人が騎士団長室に通された。

部屋にある大きなソファに腰かけると、早速、バルフェル騎士団長はこれまでに判明している情報について教えてくれた。

「先ほども言ったように、ギアディスとレゾンが同盟を結んだと判明したわけですが……これについて君はどう思う、ブリッツくん」

バルフェル騎士団長の視線がブリッツへ向けられた。

これは避けて通れぬ質問だろう。

何せ、ブリッツは元ギアディス王国騎士団で将来を嘱望《しょくぼう》されていたエース格。他の騎士よりも重大な情報を握っている可能性は極めて高かった。

「……申し訳ありません」

そんなブリッツが返したのは謝罪だった。

「軍事同盟の件については自分にとっても寝耳に水で……詳しい話はまったく分からないんです」

「そうなのか？」

「デハートへの侵攻についても、自分は直前になって聞かされて……最初は悪い冗談だと思ったくらいです」

「なるほど……突発的な思いつきというわけか。それなら、デハートでの攻撃がお粗末だったという報告も納得できる」

バルフェル騎士団長もそこが気がかりだったらしい。

まあ、大国であるギアディスが中堅国家であるデハート相手に真っ向からぶつかって敗戦するという結果を迎えるなんて、余程のことがない限り起こり得ない。

実際、「実戦経験皆無の学生が指揮を執っていた」という、余程のことに匹敵《ひってき》する事態がギアディス国内で起きていたわけだが。

「なんの助力にもならず……不甲斐ないばかりです」

「いや、そんなことはないさ。正直に話してくれてありがとう」

新たな情報を得られなくて落胆《らくたん》したのは事実だろうが、それは決してブリッツのせいではない。

バルフェル騎士団長もそれはよく理解していた。

これもまた、確認のためということだろう。

では、そろそろ本題へ移ってもらうとするか。

「それで、伝えておきたい情報とは？」

俺が尋ねると、バルフェル騎士団長は「ゴホン」と咳払いを挟んでから語り始める。

「実は……このエストラーダ国内に内通者がいるようなのです」

「内通者？」

国内の情報を外へ持ち出している者がいるというわけか。

ただでさえ他国との間の緊張感が増しているというのに……事実だとしたら、これは由々《ゆゆ》しき大問題だった。

「それは確かな情報ですか？」

「現在調査中ではありますが……まず間違いないかと」

そこまで言いきるのなら、かなり有力な情報を掴んでいるってことか。

……けど、待てよ。

それならあの件も納得がいく。

「それについては、こちらも思うところがあります」

「っ！　本当ですか!?」

「我々がブリッツたちと合流した時、ギアディスの兵はなんのためらいもなく、このエストラーダの地に侵入しようとしていました」

「っ！　た、確かに……」

「そ、そういえば……」

現場にいたブリッツやウェンデルはピンと来たようだな。

「つまり彼らは、エストラーダの領地に無断で侵入したとしても不問になると踏んで乗り込んできたと？」

「確証はありませんが……内通者の存在を耳にして、あの時の違和感が真っ先に思い浮かびました」

「ふむ……無関係には思えませんな。仮に、内通者と繋がっているのがギアディスだとするなら……次に狙われるのはこのエストラーダかもしれません」

バルフェル騎士団長の顔がキッと引き締まる。

国の防衛における最高責任者としては、呑気に構えていられない事態だろう。

だが、こちらには黄金世代の四人が全員揃っている。

彼らがもしその力をいかんなく発揮して真っ向からぶつかれば……ギアディスとレゾンの連合軍であっても勝利は不可能。なんだったら、ブリッツとジャクリーヌのふたりだけで事足りる。

それくらいの実力が四人に備わっていると信じている。

――いや、俺が知っているのはあくまでも学園を卒業した際の実力だ。

すでにそれから数年経っている現在は、あの頃よりもずっとパワーアップしているに違いない。

特に戦闘での出番が多いブリッツとジャクリーヌは実戦経験も豊富だろう。

それに、国家としての規模はギアディスやレゾンに劣るものの、こと騎士団のレベルで言えば、このエストラーダは引けを取らない。

グローバーだって、黄金世代とまではいかないが、教え子の中では素晴らしいセンスを持っていた。

「……ご安心ください、バルフェル騎士団長。いかなる敵がどれほどの数来ようとも――エストラーダは負けませんよ」

「おぉ……元ギアディスの賢者であるあなたにそう言ってもらえると、力が湧いてきますよ」

最後に俺たちがエストラーダに対して協力的であることを改めて示して会談は終了。

仮に宣戦布告を受けたとしても、そうなった場合は俺たちも黙ってはいない。エストラーダ騎士団と協力して敵を倒す覚悟はできている。

あとは、その内通者が誰かという点が問題だ。

バルフェル騎士団長はあえて口にしなかったのだろうが……おそらく、疑っているのはミラード卿だろう。

この舞踏会にも参加するという彼の動向は、見逃せないな。

バルフェル騎士団長との会談が終わると、俺たちは女性陣との待ち合わせ場所に戻った。

すでに準備は終わったらしく、全員が控室に集まって談笑している。

「あっ！　先生！」

俺を視界に捉えるなり、ドレスを着ているとは思えないくらいの瞬発力で、あっという間に距離を詰めてくるパトリシア。

ドレス姿を見てもらいたいという気持ちは痛いほど伝わってくるが、淑女《しゅくじょ》としてそのダッシュはいただけないな。

状況が違えば、「しっかりと足腰を鍛えているな」と手放しで褒めてあげたいところではあるが。

「ど、どうでしょうか！　ドレスというのは着慣れなくて……」

「いや、とてもよく似合っているぞ」

「本当ですか⁉」

声のボリュームが跳ね上がった。

……パトリシアには、魔法の他にもいろいろと教えなければならないことが増えたな。

「先生、あたしのドレスはどう？」

そんなパトリシアから少し遅れて、イムもドレスを見せにやってきた。以前、王都の店で一緒に選んだ物だ。

そういえば、彼女はドレスを仕立てる際に不安がっていたな。この手のドレスには他のメンバー以上に馴染みがなくて、本当に自分が着てもいいのかという葛藤が見られた。

しかし周りからの励ましもあって、今はあの時の暗い顔つきとはまるで違う。俺からの返事を期待して待っているという感じだ。

「いいじゃないか。イムもよく似合っている」

「やったぁ！」

両手をあげて大喜びのイム。

ついにはパトリシアとハイタッチまでかわすテンションの上がりようだった。

さらに、そのあとでゆっくりとクレールがドレスを見せに来た。

「おふたりがオーリン先生にいち早くドレスを見せたいと張りきっていましたので」

「なるほど。それで順番を譲ったということか」

さすがはクレール。

ふたりに比べれば年齢も上だし、性格的にもずっと大人だな。

……大人といえば、クレールのドレスのデザインもふたりと比較したら随分と大人だった。どこら辺が大人かというと……胸の部分が大きく開いている点。

それだけでなく、パトリシアやイムに比べて全体的に露出が多めだった。

正直に言うと……少し目のやり場に困るな。

「あら？　どうかしましたか、先生？」

「む？　い、いや、なんでもないよ」

「……やっぱり、少し肌を出しすぎたでしょうか。試着していた時には気にならなかったのですが、こうして改めて見るとちょっと……」

どうやら、クレール自身も露出に関しては気にしているようだった。

「あぁ……その、なんだ。確かに少々露出が多い気もするが、クレールの年齢の女性ならば、それくらいのドレスを着ることは珍しくない。何より……よく似合っているよ」

「っ！　せ、先生がそうおっしゃるなら……」

どうやら、納得してくれたようだ。

……一方で、納得できない者もいるようだが。

「私もあれくらいのドレスを着れば……」

「クレールのドレス？　でも、パトリシアが着たら胸の部分のサイズが合わなくてパカパカしちゃうよ？」

「イムさん！　こういう時に正論は厳禁《げんきん》ですよ！　薄っぺらな嘘でもいいから慰《なぐさ》めてください！」

パトリシアに余計なダメージを与えてしまったか。

続いて、黄金世代のふたり——エリーゼとジャクリーヌがやってくる。

「先生、どうかしら？」

「わたくしとしては満足のいくデザインだと思うのですけど」

少し恥ずかしそうなエリーゼと、自信満々のジャクリーヌ。

対照的な反応を見せるふたりだが、肝心のドレスはどちらもよく似合っている。

当然、俺は彼女たちも褒めたが……待っているのは俺の言葉より、それぞれのパートナーとなる人物だろうな。

「凄いよ、エリーゼ！　とっても似合っているよ！　とっても凄いよ！」

「ふふっ。ありがとう、ウェンデル」

感極まっているのか、語彙《ごい》力が消失気味のウェンデル。

一方、ジャクリーヌとブリッツはというと——

「さあさあ、遠慮はいりませんわよ、ブリッツ。新しいドレスをまとったわたくしを褒めちぎりなさい！」

「では……まず、色がいい。やはり君にはこういった落ち着いた色合いがとてもしっくりくる。学園時代から他の学生よりも実戦経験が豊富だったこともあって、大人びた雰囲気があったが、年齢が追いついてより一層女性らしさが出ているし、用意してきたドレスがさらにその魅力を引き出している。だが、決してドレスの華やかさだけで演出されているものではないと断言する。君自身が以前よりもより魅力的になったという意味であり、洗練された何よりの証だ。それから……」

「……もういいですわ」

言われた通り、遠慮なく褒めちぎる天然のブリッツに、自爆したことに気づいて顔を赤くしているジャクリーヌ。

——うん。

こっちもいつも通りだな。

その後、ルチア、ドネル、騎士団三人衆、ターナー、それにグローバーも合流し、メンバーが揃った。

あとは舞踏会が開催される夜を待つだけだ。

第15話　不穏な気配

夜が近づいてくると、城の周りは徐々に賑やかになってきた。

普段であればもう店じまいをしているところも、今日ばかりは時間を延ばして営業しているらしい。

店が開いているということは利用する客も多くなるわけで、必然的に王都はたくさんの人で溢れかえっていた。

「これは……想定以上に人が多いな」

「なんといっても、今日はオーリン・エドワース先生がラウシュ島調査団の団長だと世に知らしめるイベントなわけですからね」

興奮気味に語るグローバー。

いや、それだけではないと思うし……それだけでこれほどの人が集まるものなのか？

「随分と賑やかになりそうだな」

「みんな、落ち着いて向かいましょう」

「もちろんだよ、エリーゼ！」

「言われたそばから落ち着きを失ってどうするんですの、ウェンデル」

黄金世代の四人はさすがの態度だった。

得意か苦手かと問われたら、彼らもこのような舞台は苦手な方だろう。騎士と聖女という立場だったブリッツやエリーゼはまだ慣れているだろうが、学園卒業後はこの手の舞台から遠ざかっているウェンデルとジャクリーヌにはまだ少し不安があるはずだ。

とはいえ、その辺に関しては器用なふたりだから、そつなくこなしてくれるだろうが。

「問題は……」

パトリシアとイム、それにクレールだ。

ちなみに、意外——といっては失礼なのだが、ドネルとルチアのふたりは落ち着いていた。

どちらも経験豊富というわけではないが、肝が据《す》わっているというか、取り乱した様子が微塵も見られない。

……クレールはまあ、ダンスも無難にこなしていたし、普段の様子を見ていても不安は少ない。

なんといっても、彼女は大人だ。だからといって放ってもおけないが、パトリシアやイムに比べると安心して任せておける。

一番気をつけなければいけないのはイムだな。

マナーは教えたが、本番でそれが活かしきれるかどうかは未知数だ。

ラウシュ島で生まれ育った彼女にとって、まったくもって先が予想できないこの舞台は、他のメンバーよりも重い緊張感を持って挑まなければならない場だろう。

こちらのフォローにも全力を注ぐとして……あとはパトリシアだが——

「む？」

そのパトリシアは、真剣な眼差しで一点を見つめていた。

恐るべき集中力と緊張感……まるで強大な敵を前にしたような表情をしている。今の気迫ならば、ブリッツでさえたじろぐだろう。

——だが、どうして急にそんな顔つきになったのか。

答えを求めて、彼女が真剣な眼差しを向けている方へ視線を移す。

舞踏会の会場となる広間の中。そこには、テーブルがいくつか置かれていた。その上には食事が並んでいるのだが——

「…………」

今、「じゅる」って音が聞こえたな。

パトリシアの関心は振る舞われる料理に向けられているようだ。

「パ、パトリシア？　料理はあとにしような？」

念のため、そう注意を促したのだが、

「先生は誤解をされております」

「何？」

「今日がいかに大事な日であるか、私は重々承知しています。先生に恥をかかせないようにダンスやマナーの特訓を積み重ね、マスターしてきました。その私が、いくら美味しそうだからといって、料理に釘付けとなるなどあり得ません」

「そ、そうか……」

力強く言いきったパトリシア――だがその視線は、次々と並んでいく料理から一ミリたりともずれない。

――仕方がない。

「……ジャクリーヌ、エリーゼ」

「はい？」

「お呼びですか？」

「パトリシアのフォローを頼むぞ」

「分かりましたわ」

「ちゃんと見張っていますからご安心を」

ふたりに任せておけば安心だ。

俺はイムとクレールを見ておくとするか。

とりあえず舞踏会へ向けた段取りを進めていると、ウェンデルに声をかけられた。

「先生、ちょっといいですか？」

「どうかしたのか？」

「いえ……実は、ちょっと気になることがあって」

そう言ってウェンデルが差し出したのは、彼がつくったと思われる魔道具。

一見するとただの小箱のようなそれは……前にどこかで見たことがあるような？

「調整を続けていたトラップ魔法を見破る魔道具が完成したんですが……それによると、この城の近くに反応が見られるんです」

「何？」

そうだ。

ラウシュ島へ来てまもなく、ジャクリーヌが魔法の鍛錬をしている近くで手を加えていた魔道具――確か、トラップ魔法を見抜けると言っていたな。あれが完成したのか。

「ということは、この近くにトラップ魔法が仕掛けられている、と？」

「はい。しかもどうやらすでに発動しているみたいなんです」

「何？」

使用して即効果が出たというわけか。

先ほどバルフェル騎士団長が話していた内通者の件といい……このまま放置しておくわけにはいい

かないだろう。

この事実を伝えるため、俺はウェンデルと、俺たちの会話をそばで聞いていたブリッツを連れてバルフェル騎士団長のもとを訪ねようと控室を出た。

すると、何やら廊下が慌ただしいことに気づく。

「何かあったようだな」

「えぇ……そのようですね」

「やっぱりこの魔道具は正しく機能したみたいだね」

戸惑う俺とブリッツに対し、得意げなウェンデル。

だが、周りの者の顔色や忙しなさを見る限り、あまり楽観視できるような状況ではなさそうだ。

この調子だと、警備責任者でもあるバルフェル騎士団長は対応に追われていることだろう。

俺は廊下を行き交う騎士のひとりに声をかけ、何が起きているのか説明を求めた。

その騎士も、何が起きているのか詳しく理解していないようだったが、何やら緊急事態が起きていることと、一部の騎士が西側の城門に集まるように騎士団長から指示を受けていると教えてくれた。

「只事ではありませんね」

「あぁ……」

事態の詳細は掴めないが、とりあえず騎士が集まっているという西側の城門へ向かおうとした時だった。

「あっ！　オーリン先生！」

こちらもまた、慌てた様子で駆けつけてきたのはグローバーだった。

ちょうどいい、彼から詳しい話を聞こう。

「これから控室へお知らせに行こうと思っていたんですよ」

「何かあったのか？」

「それが……どうやら城の西にモンスターが出現したようなのです。それも複数体」

「何？」

こんなタイミングでモンスターが？

いや、それより、ウェンデルの言った通りだったな。

「さすがはウェンデルだな」

「ど、どういうことですか？」

「いや、彼の魔道具が城の周辺に異変があると探知したんだよ」

「えっ？」

先輩であるグローバーは、ウェンデルが魔道具技師として活躍しているのを知っている。腕のいい冒険者からも一目を置かれている彼の技術は、グローバーとしても放ってはおけないのだろう。

「魔道具で異変を……なら、どのようなトラップ魔法が仕掛けられているか分かるか？」

「この反応を見る限り……おそらくは誘発系《ゆうはつ》」

「ゆ、誘発？」

グローバーの視線がこちらに向けられる。

誘発というのは……いわゆる冒険者用語ってヤツだ。

商売相手の大半が冒険者であるウェンデルにとっては馴染み深い言葉だが、グローバーやブリッツには聞き慣れないものだろう。

周りの空気を察して、ウェンデルが簡単に解説を挟む。

「誘発系というのは、ダンジョンに仕掛けられているトラップ魔法のひとつで、モンスターをおびき寄せる効果があるんだ」

「モ、モンスターを？　それであのような……って、まさかこの舞踏会を狙って？」

「そう考えるのが妥当だろうな」

このタイミングでトラップ魔法が発動しているなら、やはりそれしか考えられないだろう。

問題は、誰がなんの目的で仕掛けたかだ。

考え込んでいると、さらにウェンデルから新しい情報がもたらされた。

「あと、城の東側にいくつもの魔力反応が見られます」

「そちらに人が集まっているというわけか……おそらく、トラップ魔法を仕掛けたのはそいつらだろう」

俺もブリッツと同じ見立てをしていた。というか、このタイミングで、それはあまりにも都合がよすぎる。

その正体不明の集団が、誘発系トラップ魔法で城にモンスターを集めさせたあと、混乱に乗じて攻め入ろうとでもしているのか。

舞踏会で国中から貴族が集まっていることを考慮すると、今日は絶好の狙い目といえる。

「それにしても……無謀すぎませんか？」

呆れたようにウェンデルが言う。

その通りだな。

こちらには黄金世代が全員揃っている。生半可な策では彼らを打ち破るなど不可能だ。

だというのに、こうもあっさり見抜かれてしまうようではお粗末という他ない。

――お粗末？

「もしかして……」

背後にいるのは――ギアディスか？

ブリッツたちと国境付近で合流した際の違和感や、国外に情報を漏らしたとされるミラード卿の黒い噂など、思い当たる節《ふし》がいくつかある。

黄金世代の力を過小評価している点についても、若い学生に指揮を執らせているのならまだ合点《がてん》がいく。

他の国ならば黄金世代の力を恐れ、襲うにしても、もっと綿密な計画を練ってくるだろうからな。

「……グローバー」

「はい？」

「ミラード卿は今どこにいる？」

「念のため、数人が動向を注視していますが……っ！　すぐに確認を取ってきます！」

グローバーは大慌てで走り去っていった。

どうやら、俺の狙いを理解してくれたらしい。

「我々はどうしますか、先生」

「とりあえず、控室に戻ってみんなに事態を報告する。それが終わったら東側にいるという集団のもとへ向かう」

奇襲を仕掛けるつもりだろうが、逆にこちらから攻め込んでやろう。

俺とブリッツ、それにジャクリーヌの三人がいれば対処できる。

「しかし、我々が揃って出てしまうと城が手薄になるのでは？」

誘発系トラップ魔法によるモンスター襲撃の規模がまったく想定できないため、ブリッツは戦闘に特化した自分かジャクリーヌを城へ残した方がいいと考えているようだが――その点についても抜かりはない。

「心配いらない。ここはエリーゼに任せる」

「エリーゼに？　……なるほど。そういうことですか」

ブリッツとウェンデルは配置の意図に気づいたようだな。

誘発系トラップ魔法を用いて周辺のモンスターをこの城へ集めようという魂胆《こんたん》なのだろうが、それは叶わないはずだ。

敵にとっての最大の誤算はエリーゼの存在。

彼女の最大の持ち味は相手に絶大な効果をもたらす回復魔法——だが、聖女と呼ばれている理由はそれだけではないのだ。

こういう場面を突破するには、エリーゼのもうひとつの力が何よりだった。

「よし。そうと決まったら早速行動開始だ」

「「はい！」」

俺たちはみんなに事態を伝えるため、控室へ戻った。

そして舞踏会が行われようとしている裏で、進行している異変を話す。

ちょうど説明を終えた頃、グローバーがやってくる。

ミラード卿の現在地を把握するためにあちこち奔走《ほんそう》したようだが、その表情を見る限り、成果は得られなかったらしい。

「申し訳ありません、オーリン先生……ミラード卿は行方をくらましています」

「分かった。これで、彼の関与がさらに濃厚となったな」

事前にこうなることを知っていて、どこか安全な場所に避難したのだろう。敵側は、この城にモンスターが押し寄せて大パニックになるというシナリオを思い描いているだろうからな。

その企みは、ウェンデルの魔道具によって筒抜けとなったわけだが。

この事態を受けて、俺は敵が目論《もくろ》む策を逆手に取り、一網打尽《いちもうだじん》にしてやろうという作戦を考案。

それを伝えるために、モンスターの対処に向かおうと西側の城門に騎士を集めていたバルフェル騎士団長のもとに、グローバーの案内で向かった。

西側の城門には、すでに多くの騎士が神妙な面持ちで集結している。

やはり、モンスターとの戦闘に不安を感じているようだ。

本能のままに暴れ回るモンスターは話の通じる相手じゃない。一度暴れだしたら、止めるのはなかなか骨が折れる。

「どうされましたか、オーリン殿」

「少しお話ししたいことがありまして」

険しい表情のバルフェル騎士団長へ、俺は討伐を待ってもらうように告げる。

「しかし、こうしている間にも、モンスターが城へ迫ってきているのですぞ？」

「それでしたら、うちのエリーゼが解決します」

「お任せください」

「えっ？」

キョトンとした顔でエリーゼを見つめるバルフェル騎士団長。

解決するというからには、ブリッツの剣術かジャクリーヌの魔法で倒すのが妥当に思えるのだろう。

だが、それでは根本的な解決には至らない。あくまでも一時しのぎにしかならないのだ。

そうこうしているうちに、モンスターの雄叫びが聞こえた。

かなり近づいているようだな。

「説明している暇はなさそうです。……エリーゼ、頼むぞ」

「はい」

バルフェル騎士団長の横をすり抜け、西側の城門を出たエリーゼ。目の前には大きな森が広がっていて、モンスターはこの森を住処《すみか》にしているらしい。

「っ！　来たぞ！」

騎士のひとりが叫ぶ。

ついに、モンスターが肉眼で確認できる距離までやってきたのだ。

「まいります……」

それが合図であったかのように、エリーゼは目を閉じて呟き、全身から魔力を放った。

夜の闇を照らす淡い水色の光が森へ伸びていき、迫りくるモンスターを包み込んでいく。

「あれは……攻撃魔法？」

「いえ、違います。エリーゼは……荒れ狂うモンスターの心を静めているのです」

「気を静めるとは……む？」

話の途中で、バルフェル騎士団長はこちらへ向かってくるモンスターの変わりように気づいたようだな。

「ど、どういうことだ……モンスターが森の奥へ戻っていくぞ？」

「荒れ狂う心を浄化しました。彼らはもう二度とこの城へは近づかないでしょう」

エリーゼの説明を聞いた騎士たちは騒然となった。

「これが……聖女の力か……」

初めて目の当たりにするエリーゼの力。

荒ぶる心を癒《いや》し、戦わずして勝つ。

すべてのモンスターに適用できるわけではないが、今のように強くないモンスターと一度に戦わなくてはならない状況では、エリーゼの浄化魔法が非常に有効だ。

「こういう魔法に関しては、わたくしよりあの子の方が得意ですわね」

その効果は、魔法の専門家である千変の魔女ことジャクリーヌさえも舌を巻くほど。

ジャクリーヌにも扱えないわけではないが、やはりこの手の魔法はエリーゼの方が上か。

ともかく、これでモンスターによる襲撃の危機は去った。

あとはスピード勝負だ。

「バルフェル騎士団長、すぐに東側の城門で今回の事件を起こそうとした者たちを捕らえに行きましょう」

「う、うむ。――全員、東側の城門へ向かえ！　舞踏会が始まるまでにケリをつけるぞ！」

「「「「おおおおおおおお！」」」」

勇猛な雄叫びをあげながら、騎士はすぐに東側の城門へ移動し始めた。

敵側がモンスターの襲撃がないことを不審に思う前に、こちらから攻撃を仕掛けるようだ。

「素晴らしい気合ではありますが、接近する際は慎重にお願いします」

ブリッツの言葉に、バルフェル騎士団長が笑って返す。

「分かっているさ。……君の力も借りたいのだがね、ギアディスの聖騎士殿」

「もちろんです。ダンスの前のいい準備運動になりますよ」

今から攻めれば、相手の虚《きょ》をつける。

俺とジャクリーヌもエストラーダ騎士団と合流し、舞踏会をめちゃくちゃにしようとした正体不明の軍勢に挑むことにした。

†

ウェンデルのつくった魔道具で敵の狙いを察知し、トラップ魔法によって集結していたモンスターの脅威をエリーゼの浄化魔法で戦わずして取り除くことができた。

「ここからは俺たちの出番だな、ジャクリーヌ」

「そうですわね。ウェンデルとエリーゼの頑張りに応えないと」

俺の隣でブリッツとジャクリーヌがそう言い交わす。

俺たち三人は、騎士団に先行して敵の潜んでいると思われる城の東側へたどり着いた。

城の先は平野で、遠くからでも敵を把握できる。

数は……大体五十人くらいか。

少ないと思ったが、あれはまだ先遣隊で、誘発系トラップ魔法によるモンスター襲撃の効果が出てから増援が到着し、一斉攻撃を仕掛けてくると見た方がいいだろう。

近くの森に身を隠しつつ、遠くから敵をチェックしていると、指揮官と思しき人物が兵をまとめて何やら指示を出している。

……どこかで見た顔だな。

「先生、あの先頭で指示を出している男はギアディス王国騎士団の人間です。ラノーという名前で、分団長を務めていました」

「っ！　やはりか……」

さらに、集まった騎士のすぐ近くに停まっている馬車から出てきたある人物の顔を見て、俺たちはまたしても驚く。

「ミ、ミラード卿……」

「先生の睨んだ通り、彼がギアディスと繋がっていたようですわね」

国内の情報を売ることで、ギアディス側に取り入ろうという考えか。

しかし、あの国は今や泥船も同然。そのことを知らず、ギアディスという名前につられて情報を売ったようだな。

黄金世代が全員消えたあの国に、もはや未来はないが……それを知らなかったのか？

ミラード卿とギアディスの繋がりが決定的であることが発覚した直後、敵の軍勢はついに前進を始めるらしく、騎士たちは馬に跨《またが》った。

ちょうどその時、ジャクリーヌの使い魔を通じてエストラーダ騎士団による周辺の包囲網が完成したという知らせが入り、俺たちも動きだす。

奴らが動きだす前に、食い止めなければならない。

「そこまでにしてもらいましょうか」

「っ!?　オ、オーリン・エドワース!?　なぜここに!?」

指揮を執るラノーという男は、ブリッツと面識があるだけに、俺のこともすぐに分かったようだ。

もっとも、俺と彼は面識がないので名前も知らなかったが。

「貴様は舞踏会に出席するはずだろう!?」

「せっかくの華やかな舞台だというのに、それを邪魔しようとする者がいる気配を察知したのでね。

それにしても……あなたが内通者とは驚きですね、ミラード卿」

「ぐっ……」

決定的な現場を目撃された今、エストラーダに彼の帰る場所はない。

逆にいえば、失う物がなくなったともいえる。

そんな卿に、もうひとつ情報を教えておこう。

「あなた方がやろうとしていた誘発系トラップ魔法を使ったモンスターの襲撃作戦ですが、こちらで事前に防いでおきました」

「なんだと!?」

この反応だと、やはり心当たりがあるわけか。

半分くらいカマをかけるって意味もあったが、見事に墓穴《ぼけつ》を掘ってくれたな。

「な、何をしている！　奴らを殺せ！」

「い、いや、しかし……」

ラノーは躊躇《ちゅうちょ》していた。

当然だ。これだけの人数で聖騎士と千変の魔女を相手にするなど、無謀というしかない。

ミラード卿はふたりの実力を噂程度にしか知らないようで、これだけの戦力差があれば押しきれると信じている。

だが、ギアディスの騎士たちは動きだせずにいる。

ブリッツとジャクリーヌの実力を知っているなら、当たり前の反応だろう。

……けど、妙だな。

すでにブリッツたちがギアディスを抜けてエストラーダ入りをした情報は共有されていると思っていたが、どうやらそうではないらしい。

こういう連携の拙《つたな》さも、デハートに敗北した大きな要因のひとつだろう。

「ラノー分団長……」

「ブリッツ……」

睨み合うブリッツとラノー。

もとは同じ志を持っていたはずが、今はこうして対峙している。複雑な胸中だろう。

「そちら側にいるということは……貴様、裏切ったな！」

「俺がギアディスを出てエストラーダに入ってからもう数日が経っている。未だにその情報は騎士団内に行き渡っていないようだな」

「な、なんだと⁉　そのような報告は受けていないぞ⁉」

動揺しているラノー。

やれやれ……よくそれで舞踏会襲撃などという大それたことを考えたな。

「このエストラーダに侵略戦争を仕掛けようというのか？」

「黙れ！　裏切り者である貴様に話すことなどない！」

ブリッツの追及から逃れるように、ラノーは叫びながら剣を抜く。

戦うつもりらしいが……こちらにはジャクリーヌもいるし、誘発系トラップ魔法を使ったモンスター襲撃作戦も不発に終わった。彼らの勝ちは万にひとつもない状況だ。

——しかし、不気味なのはギアディスの騎士の表情。

最初は黄金世代のふたりを見て委縮《いしゅく》していたようだったが、今は先ほどに比べると余裕のある顔つきをしている。

……まだ何か隠しているようだな。

俺たちが動きだしたことで、エストラーダ騎士団も包囲網を狭めてラノーたちに迫ろうとしている。彼らにも注意を促さなくてはと考えていたその時、突然、地面が大きく揺れ始めた。

「きゃっ⁉」

「危ない！」

激しい揺れにバランスを崩すジャクリーヌをブリッツが抱きとめる。

「怪我はないか？」

「え、えぇ……あ、ありがとう、ブリッツ」

「礼を言うのはまだ早い……地下から何かが迫っているようだ」

さすがはブリッツだ。地下に潜む気配に気づいたか。

「ラノー殿……一体何をした？」

俺が尋ねると、ラノーは不敵な笑みを浮かべた。

「もう遅い……こいつを呼び出すのは最終手段だったが、おまえたちが邪魔をするなら呼び寄せるしかない」

やはり用意していた仕掛けがあるらしい。

ウェンデルの魔力探知アイテムでもその存在が確認できなかったとなると、相手は魔力を持たないモンスターだろう。

彼らが余裕な態度でいられるほどのモンスター……それが、地面を突き破って姿を現した。

「ギャオオオオッ！」

燃える炎のような赤いボディのそいつは……サラマンダーだった。体長は十メートル以上ありそうだな。

「サラマンダーとは……想像もしていなかったな」

「そうですわね」

相手がサラマンダーともなれば、国家戦力を総動員して挑まなければならないレベル。最悪の場合、他国への協力要請も必要になってくる。

性格は非常に獰猛《どうもう》。皮膚《ひふ》は超高熱で、人間なら近づくだけで火傷《やけど》を負うほどだ。

だが、ブリッツとジャクリーヌに臆した様子は見られなかった。

それどころか、どちらがあのサラマンダーと戦うか、話し合っているくらいだ。

それにしても……妙だな。

ラノーはサラマンダーが出現するタイミングを知っていた——というより、彼自身が「呼び寄せる」と口にした。大体、なぜサラマンダーはギアディス側の人間には見向きもせず、こちらだけに敵意を向けているのか。

考えられる可能性はただひとつ……あのサラマンダーを操っている魔獣《まじゅう》使いがギアディス側にいるということだ。

だとすれば、まずはその魔獣使いを倒すのが定石《じょうせき》——だが、それはあくまでもサラマンダーを倒せないという前提があった場合の話だ。

「それでは、わたくしがお相手しますわ」

ジャンケンの結果、サラマンダー討伐の役はジャクリーヌに決定。

「大きなトカゲ……そういえば、パジル村の宴会ではトカゲの丸焼きもありましたわね。彼らにお土産として持ち帰れば喜ばれるかしら」

ジャクリーヌにかかれば、一国を滅ぼしかねないサラマンダーもただの食材になってしまうのか。

さすがにここまで来れば、ラノーや騎士たち、そしてミラード卿も「おかしい」と感じ始めているようだった。ふたりはサラマンダーを倒す前提で話を進めていた。おまけに、どちらが倒すかをジャンケンで決めるくらいの余裕を見せている。

困惑するギアディス側を嘲笑うかのように、ジャクリーヌの全身から凄まじい量の魔力が放たれた。

その魔力はやがて雪に姿を変え、突風をまとい、季節外れの吹雪《ふぶき》となってサラマンダーを襲った。

「ギャオオォ……」

急速に勢いが失われていくサラマンダー。

それだけ、ジャクリーヌの魔法が効果絶大ということだろう。

「バ、バカな⁉　あのサラマンダーがいとも簡単に⁉」

信じがたい光景と言わんばかりに目を見開いて驚愕しているラノー。

ただ、師である俺からすれば驚きはない。

ジャクリーヌの実力からすれば、たとえサラマンダーであろうと問題なく倒せる。

むしろ、前に戦ったというワイバーンの方が手強かったんじゃないか？

「ふふふ、ご自慢の炎で窮地を脱してはいかがかしら？」

「グゥ……」

サラマンダーは抵抗をやめた。

自分よりも遥かに小さな人間の女性――ただの獲物だと思っていた彼女は、実は逆らってはならない相手だったと本能で察したようだ。

やがて、骨の芯まで凍りついたサラマンダーは目を閉じて動かなくなった。

……決着がついたようだな。

「次からは戦う相手をよく選んで……って、このアドバイスはもう無駄ですわね」

サラマンダーの絶命を確認すると、ジャクリーヌは魔力を抑え込んだ。

あれでもまだ半分も実力を出してはいない。

本気で彼女を倒す気なら、さっきのサラマンダーが最低でも二十体は必要となるだろう。

「さすがだな、ジャクリーヌ」

「お世辞は結構。さあ、残りはあなたの仕事ですわよ」

「分かっているさ。ウェンデルやエリーゼも頑張ったのだ。俺もみんなに負けないようにしなくてはな！」

あっ。ブリッツが張りきっている。

ここまで、同期三人がそれぞれ持ち味を出して敵を追い詰めている――そんな光景を目の当たりにして気合が入らないわけがない。

特に、ブリッツのようなタイプの人間にとっては、これはたまらない状況だろう。

「では、お相手願いましょうか」

「ク、クソが……いくらおまえでも、これだけの数の騎士と同時に戦って無事でいられるはずはない！」

「本当にそうなのか、試してみましょう」

静かに剣を構えたブリッツ。

一方、ラノーをはじめとする騎士たちは一斉にブリッツへ襲いかかった。目に見える戦力差だけで考えるなら、ブリッツに勝ち目はない。近くにエストラーダの騎士が控えているなら合流して戦う方が得策——と、普通は判断するだろう。

だが、そこはギアディス史上最速で聖騎士という称号を得た男。

これだけの差など、どうということはない。

「行くぞ！」

迫りくる騎士たちに単身突っ込んでいくブリッツ。

そのスピードは尋常《じんじょう》ではなく、もはや目では追えなかった。

「相変わらず速いですわね」

魔法で丸テーブルとイスを用意したジャクリーヌは、優雅にお茶を飲みながらブリッツの戦いぶりを見守っていた。

——結局、彼女がお茶を飲み終える前に勝負はついてしまった。

目にもとまらぬ剣技の数々で、ブリッツは次から次に元同僚であるギアディスの騎士を倒していった。

反撃する暇も与えないほどのスピード……おそらく、俺が戦ったとしても翻弄《ほんろう》されているだろうな。速さだけでなく、それくらい隙《すき》のない洗練された動きだった。

「ダンス前の準備運動にしては少々物足りないな」

ため息をつきながら、ブリッツは振り返る。

数十人いた騎士が、あっという間に四人にまで減っていた。

「バ、バカな……」

ラノーは指揮官としてその場に残り、他の三人は護衛として彼を守っていた――つまり、ブリッツに挑んできた騎士は全員返り討ちにされ、残ったのはラノーとその直属の部下という形になったのだ。

「こ、ここまで力の差があるとは……」

どうやら、ラノーはブリッツの実力を見誤っていたようだ。数が揃っていたら、ゴリ押しで倒せると思っていたらしい。

「ぬぐっ⁉」

「数を揃えた程度で俺を倒せると思われるのは心外ですね」

大幅に戦力を減らしたギアディス軍。

万全を期して挑んだはずが、用意していた作戦はことごとく失敗に終わった。

このまま帰れば、彼らは責任を問われ重い罰が科せられるだろう。もうあとには退けない状況なのだ。

「ひ、怯むな！　ヤツらを捕らえよ！」

半ばヤケクソ気味に残った部下たちへ指示を飛ばすラノー。

これに対し、ブリッツは視線をジャクリーヌへ向けた。

「ジャクリーヌ」

「何かしら？」

「久々に――《アレ》をやるぞ」

「っ！　えぇ……よろしくてよ」

ブリッツから声をかけられたジャクリーヌは、ティーカップを手にしたまま魔法を発動した。

ジャクリーヌの魔法は炎に姿を変えて、ブリッツの全身を覆《おお》う。

「な、なんだ⁉　自爆か⁉」

はたから見ればそう映るのかもしれないが……違う。

炎はやがてブリッツの手にする剣へ集まっていく。

それはまるで炎の剣。

学生時代に遠征先で巨大モンスターが出現した際、ふたりはよく互いの剣術と魔術を融合させて対抗していたが、ここでそれを再現しようとしているらしい。

正直、残った向こうの戦力を考慮するとやりすぎなのではと思ったが、この攻撃は思わぬ効果をもたらした。

「ひ、ひぃっ⁉」

「ダ、ダメだ……勝てっこねぇよ……」

ブリッツとジャクリーヌの連携を目の当たりにした騎士たちは戦意喪失。次々に武器を手放して降伏の意思を示した。

「き、貴様ら！　それでも誇り高きギアディスの騎士か！」

「……もはやあの国の騎士団に、誇りなど欠片《かけら》も残ってはいない」

吐き捨てるように告げたブリッツの瞳は怒りで燃えていた。

かつて自分が憧れていた騎士団の姿はどこにもない。欲とエゴにまみれた醜い姿を散々見せつけられてきた彼の胸の内は……うまく言えないが、いろいろと溜まっていたのだろう。

そのすべてを発散するように、ブリッツはひとりで突っ込んでまたラノーへ向かって剣を振る。

――決着は一瞬だった。

「ぐおあっ!?」

手にしていた剣を弾《はじ》き飛ばされたラノーは、痛みと炎の熱さからその場にうずくまる。

「そ、そんなバカな……」

ラノーが敗北したのを受けて、ミラード卿も膝《ひざ》から崩れ落ちた。

これで彼は爵位《しゃくい》を失い、最低でも国外追放処分となるだろう。

栄華を誇ってきたミラード家も、これでおしまいだな。

†

こうして、一連の騒動は首謀者であるラノーを捕らえることで解決し、ミラード卿もあとから合流したエストラーダの騎士に拘束《こうそく》された。

一方、俺たちにはまだやらなければならないことが残っている。

「とりあえず、これで舞踏会は開催できそうだな」

「ですね」

「すぐに城へ戻りましょう。エリーゼやウェンデル、それにパトリシアさんたちも待っているはずですわ」

「ああ、そうだな」

事後処理は騎士に任せて、俺たち三人は城へ戻ることにした。

さて……ここからが本番だぞ。

第16話　舞踏会の夜

舞踏会を襲撃しようと目論んでいた者たちを捕らえることに成功した俺は、大急ぎで王城に帰還した。

すでに辺りは暗くなり、舞踏会の開始時間が迫っている。

なんとかギリギリのところで到着すると、みんなが大慌てで出迎えてくれた。

「先生！　すぐに着替えを！」

「ブリッツとジャクリーヌも早く！」

「すでに準備は整えてあるから急いで！」

パトリシアとウェンデルとエリーゼの三人に促されて、着替えのために控室へ移動する。

新しい服を着て部屋を出ると、今度は大急ぎで舞踏会の会場に連れていかれた。

何やらバタバタと慌ただしい展開になってしまったが、無事に開催されるようなのでホッと胸を撫で下ろす。

多忙な貴族の予定を一斉に合わせてこのような規模のパーティーをするとなったら、次はいつになるか分からないからな。

城内にある舞踏会用のホールへ到着すると、まずは国王陛下のもとへ向かう。

「おぉっ！　オーリン！　このたびは見事な働きだった！」

「私は何もしていませんよ。やってくれたのは教え子たちです」

「いえ、我々がこうして敵を捕らえることができたのも、すべてはオーリン先生の教えがあってこそ。なので、先生の功績で間違いありません」

ブリッツの言葉にうんうんと頷く国王陛下と黄金世代残りの三人。

そう言ってもらえるのは師として嬉しい限りだが、持ち上げすぎじゃないか？

ともかく、最悪の事態は回避できたと報告し、それが終わるといよいよ舞踏会の幕が上がった。

国王陛下とともに改めて会場入りすると、大きな拍手で迎えられる。

大半がこのエストラーダに暮らす貴族や騎士団幹部や商会関係者だが、中にはよく見知った顔も含まれていた。

かつて、ギアディスの王立学園で教えていた元生徒たちだ。

懐かしい顔ぶれが揃っていることに喜びつつ、国王陛下から紹介を受けてラウシュ島調査団の団長就任の挨拶を行った。

この手の状況には慣れているはずだが……やはり、スケールが違った。ここまで緊張した経験はギアディス時代になかったな。

人生最大の緊張感に押し潰されそうになりながらも、挨拶は滞りなく終了し、ここから本格的に舞踏会が始まる。

真っ先に動いたのはウェンデルだった。

「あ、あの、エリーゼ」

「何？」

ウェンデルがダンスに誘う相手は、やはりエリーゼのようだ。

「そ、その、よかったら踊ってくれないかなぁなんて……」

「ふふふ、もちろん。踊りましょう、ウェンデル」

「っ！　あ、ありがとう！」

「こちらこそ、誘ってもらえて嬉しいわ」

「えっ⁉　そ、それって……」

「さあ、行きましょう」

「あっ！　ちょ、ちょっと！」

勇気を出して誘った甲斐もあり、見事エリーゼとパートナーを組めたウェンデルだが……あの調子だと、エリーゼは最初からウェンデルに誘われるのを待ってたって感じだな。

一方、その横ではジャクリーヌが難しい顔をしながらブリッツを見つめ――いや、あれはもう睨んでいると言った方がいいな。

しばらくして、ようやくブリッツが動きだした――が、ちょっと様子がおかしいな。いつも冷静なブリッツにしては、なんだかソワソワしていて落ち着きがない。

ひょっとして……ジャクリーヌを誘うのに緊張しているのか？

そんなブリッツの様子に気づいているのかいないのか、ジャクリーヌの方はなんだかやきもきしている様子だった。

そろそろ助け舟を出そうかと思った時、ようやくブリッツが覚悟を決めたらしくジャクリーヌに声をかけた。

「ジャクリーヌ……俺とダンスを」

「仕方ありませんわね。わたくしもパートナーはいませんし、踊ってあげますわ」

食い気味にＯＫが出たな。

パートナーがいないというより、全身から「近づくな」的オーラを放っていたから誘われなかっただけだが、あれはきっと無意識だな。周りもなんとなく、ブリッツを待っているのだろうと察したみたいだし。

黄金世代の四人が、広間の中央へ進み出る。

それと同時に、楽団が音楽を奏で始め、舞踏会が本格的に始まった。

集まった参加者たちは、四人の華やかな姿に見とれている。

ブリッツやエリーゼはもちろん――訓練と、それにもとからの素質もあったんだろう。ウェンデルやジャクリーヌも優雅なステップで踊っている。

何よりも四人からの表情からは、こうして再会し、一同に集えたことの喜びが伝わってきた。

うん。

教え子たちの晴れ姿をこうして見られるのは、元教師として幸せだな。

黄金世代が踊りだしてしばらくすると、俺のもとにもたくさんの人がやってきた。

先ほど見かけた、かつての学園の生徒たちだった。

「オーリン先生、お久しぶりです！」

「賢者を引退されたと聞いた時は驚きましたが、まさかエストラーダにいたなんて！」

「また一緒に釣りをしましょう！」

「ぜひ、うちの娘にも指導してください！」

十人以上の元教え子たちから一斉に声をかけられてしまった。

相変わらずテンションが高い子たちだなぁと昔を思い出しつつ、ひとりずつにしてくれとやんわりたしなめた。

ちなみに、この場にいるすべての者が、すでにギアディスから脱出していて、今は新しい生活を始めているとのこと。

それを聞いて俺は安堵のため息を漏らした。

今のギアディスは転覆しかかっている船だ。見かけは豪華客船かもしれないが、中身はスカスカで浸水も始まっている状態。

今回、ラノーが捕《つか》まったことで、ギアディスとエストラーダの関係は最悪となった。

おそらくあちらは「ラノーの独断による行動」ってことで尻尾《しっぽ》切りをするだろうが、エストラーダからすれば「はいそうですか」と納得できるわけがない。

デハートでの一件もあるし、ギアディスの国際的な立場はますます悪くなる。

このような事態を招いたのは、間違いなくローズ学園長やその息子であるカイルになるだろうが……果たしてどう責任を取るつもりなのか。

……まあ、追い出された身である俺が考える必要もないか。

元教え子たちと談笑していたら、続いて貴族や商人といった国内の有力者から声をかけられた。

話の内容は多岐にわたる。

暇を見つけて娘の家庭教師をやってくれないか、とか。

あるいは自分の娘を妻に、とか。

その手の話はすべてお断りさせてもらった。

今の俺はあくまでもラウシュ島調査団の団長という立場。今はそれに専念したいと考えているので、他の仕事をしたり、結婚したりということはまったく頭にない。それだけはハッキリと伝えておいた。

その時、背後から複数の視線を感じたので振り返ると、そこにはパトリシアとイムとクレールの三人がこちらを見つめていた。

「さすがは先生……！」

「凄い人気だね！」

「お邪魔をしてはいけませんから、ここでお話が終わるのを待っていましょうね」

保護者役がすっかり板についてきたな、クレールは。

「あ、あれが、ギアディスの黄金世代か」

「噂では、あの四人だけで一国を滅ぼせるだけの戦力に匹敵するとか」

「……なるほど。彼らの全身から発せられるオーラからすると、あながちただのホラ話というわけではないようだな」

俺が招待客らの話にまったく乗らなかったため、今度はブリッツ、エリーゼ、ウェンデル、ジャクリーヌの四人が新たなターゲットとなり、質問責めにあっていた。

ギアディスの黄金世代。

その名は他国にまで轟《とどろ》いていたようだが、実際に四人が揃った状態を目の当たりにする機会には、これまで恵まれなかったんだろう。

だからこそ、これは千載一遇《せんざいいちぐう》のチャンス——と、思ったかどうかは知らないが、俺に持ちかけたのと同様に、子どもの教育係やら婚約者やらになってほしいという話をしているようだった。

——が、彼らがどう答えるかなんて、考えなくても分かる。

「申し訳ないが、オーリン先生以外の者につく気はない」

「私も同じく。オーリン先生以外の方はお断りだわ」

「僕もオーリン先生以外の人のところへは行きたくないかなぁ」

「オーリン先生以外あり得ませんわね」

ブリッツ、エリーゼ、ウェンデル、ジャクリーヌの四人はキッパリと断っていた。

……いかん。

予想はしていたけど、ちょっと泣きそうになる。

もう年だな、俺も。

というわけで、国内の要人はブリッツたちに一蹴《いっしゅう》されたわけだが……次は国外の有力者が声をかけ始めていた。以前から懇意《こんい》にしている者以外は、明らかに、俺や黄金世代を自国へ引き入れるために送り込まれた仕掛け人のようだった。

声をかけてきた者たちの出身国は、どれもエストラーダより大きなところということもあって、彼らは俺や黄金世代の四人に対して破格ともいえる好条件を突きつけ、エストラーダから引き抜こうと目論んでいる様子だ。

だが、それでも俺たちの答えは変わらない。

「お断りします」

その手の話題は一刀両断。

次第に諦めたのか、舞踏会が始まってから一時間が経過する頃には、その手の輩《やから》は周りからすっかり消え去っていた。

「まったく……これでようやく純粋に楽しめそうだよ」

「先生は人気者ですからね」

冗談めかして笑うグローバー。

やれやれ、こっちの身にもなってもらいたいものだ。

しかし、それだけ俺たちが注目されているということでもある——つまり、今後はそれだけラウシュ島への関心度も高くなる、というわけだ。

俺や黄金世代の四人に声をかけた者も、会話の合間に何度か島の話題を出していた。

何より、そのラウシュ島からやってきたイムの存在を気にかけている者が何人かいた。

災いを呼ぶ島とも呼ばれているラウシュ島に人が住んでいたというのはかなり衝撃的で、グローバーの話では、しばらく王都はこの話題で持ちきりだったらしい。

そんなイムが、俺の手が空いているのに気がつくとパトリシアを連れてやってきた。その様子はまるで遊びたがっている子犬みたいだ。

今までいろんな人に対応している俺を見て忙しいと思い、控えていたようだが、ようやくフリーになったので今までの我慢が爆発したのだろうな。

「やあ、待たせてしまったな」

そう言った途端、パトリシアとイムが勢いよくアピールしてくる。

「大丈夫です！　それより先生、今から踊りませんか？」

「あたしたちの特訓の成果を見せたい！」

「ははは、それは楽しみだな。お手柔らかに頼むよ」

せっかくだ。

お偉いさんとの話も一段落ついたし、この空間をもっと楽しむことにしよう。

†

こうして夜は更けていき、舞踏会はつつがなく終了した。

招待された当初は、果たしてうまくいくだろうかとみんな心配していたが、場の空気に慣れてくればとても楽しめたし、終わる時にはむしろ「もうちょっといたいな」とさえ思えるようになった。

その日は城内にある部屋を貸してもらえることになり、そこで夜を過ごす。

「ふぅ……」

ひとりになって、ようやく息をついた。

みんなと一緒にいる時間は大切だが、こうしてひとりで落ち着ける空間があるのもいいものだ。

部屋の窓から月を眺めながら、俺は舞踏会を振り返った。

印象に残ったのは調査団のメンバーに対する人々の反応だった。

原因は間違いなく、黄金世代の四人だろう。

某国の外交担当者は彼らを見て「魔王百人分の戦力」と評していた。魔王の存在は架空だから、その具体的な力は知らないが、なんとなく納得できる評価だと思う。

それほど彼らへの注目度は高い。

改めて思い知らされたな。

それから外交担当たちの話は、当然のように、ギアディスとレゾンの軍事同盟に関する政治臭いものへ変わっていったな。彼らは両国が結びつくことで大規模な侵略戦争に発展することを恐れているのだろう。

今からおよそ百年前。

この世界を震え上がらせる《帝国》の存在があった。

優れた軍事兵器と鍛え抜かれた多くの兵士を揃え、手当たり次第にあらゆる国へ戦争を仕掛けては支配下に置き、勢いを増していったという。

その後、連合軍との激しい戦争が百年近く継続し、ようやく終戦を迎えたが、今回の軍事同盟が世界に多くの傷跡を残した帝国の再来となるのではないかと恐れているのだ。

しかし、ラノーとの戦いを見た限り、ギアディスは帝国にはなれないだろう。

帝国の存在は資料でしか知らないが、連合軍が苦戦して戦争が長期化した要因には、帝国側の優れた軍師の存在をあげる者が多かった。

そういう存在が、今のギアディスにはいない。

まだ学生という身分のカイルを指揮官にしているくらいだからなぁ。

……そういえば、舞踏会前の戦闘ではレゾン側の兵力を確認できなかった。

ラノーが独断で動いていたのか？

いや、それにしては大掛かりだったな。ジャクリーヌでさえ使用をためらうトラップ系の魔法を仕込むなんて、かなり本気度が高い。

となると、ギアディスとレゾンの間でうまく連携が取れていないのか？

こればかりは事情が読めないから何も言えないが、あまりいい傾向ではないのは間違いないな。

いろんなことに思考を巡らせていると、いつの間にか眠気が吹っ飛んでしまった。

「……少し、夜風に当たってくるか」

部屋を出て長い廊下を歩いていく。先ほどの賑やかさが嘘のように静まり返った城内を進み、中庭にたどり着くとすでに先客がいた。

「オーリン先生？」

「ブリッツか？」

「わたくしたちもいますわよ」

「こんばんは、先生」

「眠れないんですか？」

ブリッツだけでなく、ジャクリーヌにエリーゼにウェンデルまで——勢揃いじゃないか。

「君たちこそ、どうかしたのか？」

「いや、なんだか眠れなくて」

どうやら、全員が同じ理由らしい。

やはりさっきの戦闘でみんな思うところがあったのかな。

「そうだったか。……いや、俺もまったく同じでね。それじゃあ、思い出話でもしようか」

「思い出話ですか？」

「あっ、それいいね！」

「いろんなことがあったわよね」

「よし。じゃあ、まずはジャクリーヌがメンバーに慣れるまでに要した時間を追って……」

「その話はやめてくださいまし！」

眠れない夜に、教え子たちと昔話に興じる。

本来ならば部屋に戻るようにやんわりと注意するところだが……まあ、今日くらいはいいだろう。

何より、ブリッツたちが合流してからすぐに舞踏会の話が来て、ゆっくりする暇がなかったからな。

今日は眠くなるまで、とことん語ろうじゃないか。

第17話　ラウシュ島への帰還

舞踏会の翌日。

俺たちはラウシュ島へ戻る準備を整え、国王陛下に挨拶をしてから港を目指した。

その港には、グローバーをはじめ、多くの騎士が見送りに来てくれた。

「本当はバルフェル騎士団長も見送りに参加予定でしたが、今日は朝から会議があって断念したんです」

「その気持ちだけでありがたいよ」

会議というのは、捕らえたラノーや国を裏切ったミラード卿の処遇についてだろう。

エストラーダの未来を左右する大事な会議となるはず……そりゃあ、そっちを優先するよ。

荷物を船に積んでいると、造船所のマリン所長や商会のバンフォードさんも見送りに来てくれた。

さらにたくさんの差し入れまで届けてくれて、本当にありがたい限りだ。

「では、俺たちは島へ戻るよ」

「何かありましたら、また水晶を通して連絡をください」

「ああ、頼りにさせてもらうよ」

最後にグローバーと固く握手を交わす。

船ではすでに乗り込んでいる黄金世代の四人やパトリシア、イム、クレール、それにドネル、ルチア、騎士三人衆、ターナーといった仲間たちが俺を待っていた。

この仲間たちと、ラウシュ島に隠された秘密を解き明かす日々がまた始まる。

そう思うと、年甲斐もなくワクワクしてしまうな。

†

こうして、俺たちは再びラウシュ島に戻ってきた。

「やっぱりこっちの方が性に合っているな」

上陸してすぐに体を伸ばしてそう呟く。

華やかな場は決して嫌いというわけではないし、今回の舞踏会はこれまで参加したどのパーティーよりも楽しめた。

しかし、やはり普段から慣れていないせいか、どうしても肩ひじを張ってしまうため、モンスターと戦闘するより疲れるというのが本音だ。

この疲れには、肉体的な疲労と同じくらい、気遣いなどの精神的な疲労も含まれるんだろうな。

島に降り立つと同時に、ブリッツがそばにやってきた。

「これからどうしますか？」

早速、島の調査に対しやる気になっているようだ。

「とりあえず、職人たちへいろいろ報告をしておきたいな。それほど遠くないうちに、国王陛下が視察に訪れたいとのことだったから」

今回の舞踏会で伝えられ、地味に驚いたのがこれだった。

島民との関係は良好だし、これといって脅威となりそうなモンスターの存在も確認していない。

現段階で危険性は低いと思われるが……それでも、この島の謎についてまだ半分も解明できていないのが実状だ。

今後、何が起こるか分からないという状況で国王陛下を招いて大丈夫だろうかという不安もある。

――ただ同時に、国王陛下の気持ちも汲むべきだろう。

現国王はまだ若い。

王位を継承してから日も浅く、謎の多いラウシュ島については俺に調査を依頼するくらい特に気にかけている。しかも最近の調査で、先代国王が島に港を建設していたことが発覚し、その事実を知らなかったために驚きを隠せないでいた。

王位を継がせた自分の息子にも黙っていた島の秘密――一体、先代国王はどこまで掴んでいたのだろうか。

その辺のことも、これからの調査で分かってくるといいのだが。

船から積み荷を降ろす作業をしながら、一緒に舞踏会へ参加していたターナーは、島に残って作業を続けていた職人たちから進捗状況の報告を受けている。

俺も一緒になってそれを聞いていたが、思っていたよりも作業は順調に進んでいるようだった。

実際にこの目で確かめてみたいと思い、みんなで建設中の村へ向かう。

すると、わずか一日という短期間で、村は大きな変化を遂げていた。

「随分と建物の数が増えたなぁ」

「えぇ、これは……」

「あっ！　オーリン殿！　それにターナーの親方も！」

作業していた職人たちは、俺たちを見つけると一斉に集まってきた。

彼らのリーダーであるターナーは、初めての舞踏会で四苦八苦しながらも、きちんと役割を果たしていた。

そのことを話すと、職人たちは誇らしげにターナーを賞賛する言葉を口にする。

「さすがは親方だ！」

「あなたならやってくれると思っていましたよ！」

「いよ、世界一！」

「そ、そんな……」

ターナーは恐縮しているが、実際、彼はよくやっていた。

俺がフォローしなくても、堂々といろんな人と話をしていたし。きっと、彼にとっても大きな収穫を得たパーティーになったんじゃないかな。

その点については、もっと胸を張り、自信を持っていいはずだが……まあ、そういう控えめなところも部下である職人から慕《した》われる要因となっているのだろう。

「先生！　凄いです！　私たちの家も完成しています！」

「凄い！　前よりもパワーアップしてる！」

一方、パトリシアとイムは自分たちが住む家の完成度に大興奮していた。

よく見ると、調査団の詰め所も兼ねている俺の住まいもだいぶ立派になったな。広さもあるし、三階建てで高さもある。下手な貴族の屋敷より豪勢なんじゃないか？

「オーリン殿、新しくなった内部にご案内します」

「よろしく頼むよ」

職人に促されて、俺たちは詰め所の中へ入っていった。

いよいよ村の完成も間近に迫ってきたな、と実感させられるよ。

職人の話では、詰め所の完成度は九割ほどだという。

残りの一割は外壁の塗装なので、完成しているといっていいいんじゃないかな。生活すること自体に影響はないんだし。

尋ねてみると、暮らすこと自体はすぐにでも可能だという返事が。

これでいよいよ本格的にここを拠点として探索ができるというわけだ。

「わあっ！」

「凄い！」

詰め所の中へ入ると、声をあげたのはパトリシアとイムだった。

若い彼女たちらしく、頭に浮かんだ言葉がそのまま口をついた感じのシンプルな感想だ。

一方、クレールやブリッツなど、年齢が上の者は落ち着いた様子で中をチェックしている。そして、職人の技術力の高さやこだわりを目の当たりにして、驚きの声を漏らし始めた。

……では、俺もじっくり拝ませてもらうとするか。

まず一階部分は共有フロアになっている。

ここで会議や出発前のミーティングができそうだ。今いる人数では広すぎる印象を受けるが、島の規模を考えるとまだまだ調査団員は増やしていきたい。

そうなると、これくらいの広さは必要になってくるな。

さすがはターナーだ。そういう未来を想定した設計なのだろう。

他にも、一階にはさまざまな部屋が存在している。

過酷な状況にも耐えうる肉体を生み出すための鍛錬室や、武器や生活必需品などを管理するための倉庫、さらには大勢で食事ができる広い食堂などがある。さらに、調査団のメンバーが共同で使える大浴場まで完備していた。

この辺はターナーのアイディアにプラスして、俺たちのリクエストも参考にしてつくられている。

「見事だな」

「気に入っていただけたようで何よりです」

職人のまとめ役であるターナーも、俺たちの反応を見てホッと胸を撫で下ろしているようだった。

続いて、階段を上がって二階部分へ。

ここは調査結果を報告するための会議室をメインにしてつくられており、それ以外は書類をまとめる事務室や、可能な限り集めた島の資料が並ぶ部屋などがある。

「細かな作業まで専用の部屋が用意されているのは、仕事がやりやすくていいな」

中でも感動していたのはウェンデルだった。

「これはいいね。僕の工房みたいに作業に集中できる場所は欲しいところ……職人ならではの心遣いだよ」

魔道具技師であるウェンデルの視点から見ると、こういった部屋のありがたみがよく分かるらしい。他の三人やパトリシアたちはあまりそういった細かな作業はしてこなかっただろうからな……あるとするなら、ブリッツの報告書づくりくらいか。

あとは本棚を置けそうなスペースもいくつかあるので、関連資料をこちらにしまっておける。

ひと通り確認し終えると、次はいよいよ最上階だ。

ここにある部屋はふたつだけで、一、二階に比べるとスペースもちょっと狭い。だが、それには理由がある。

それは――最上階の半分がバルコニーとなっているからだ。

天気がいい日はここに出てのんびり日光浴なんていいな。今度王都に行ったらハンモックでも買ってこようかな。

パトリシアとイムがバルコニーに足を踏み入れ、そこからの景色を満喫している。

俺もあとで見に行くとしよう。

だが、それよりも先に確認しておきたかった部屋があるんだよな。

「こちらがオーリン殿の執務室と私室になります」

ターナーが案内してくれたのは、俺がもっとも楽しみにしていた部屋——団長としての仕事をするための執務室と、プライベートな時間を過ごすための私室だ。

といっても、学園での賢者時代から自分の時間があまりなく、休日もほとんど仕事に費やしていた俺からすると、私室に関しては最低限の家具があるだけで十分であった。

代わりに、執務室の方については少々わがままを言わせてもらった。

果たしてそれがどこまで反映されているのか……楽しみだ。

「じゃあ、失礼するよ」

「どうぞどうぞ」

ターナーに招かれて部屋の中へ入ってみると……さすがだな、と思わず頷いてしまった。

そこは俺の要望がバッチリ叶えられた理想的な空間となっていたのだ。

「本棚の数や机のサイズまで……さすがだな、ターナー」

「我々職人の立場から言わせてもらえば、あれくらい細かなオーダーがあった方が、かえってやりやすかったりするんですよ」

そういうものなのか。

俺としてはいろいろ注文をつけて面倒じゃないかと心配していたが、どうやらそれは杞憂だったらしい。

俺の要望がすべて叶えられたといっていい執務室と私室を眺めて満足していたが、ここで思わぬ嬉しいサプライズが——それは窓から見える景色だった。

「これは素晴らしい……」

執務机の横にある大きな窓。

そこから先には、真っ青な海が広がっていた。

さらにその反対側にある窓からは、島の様子を眺めることができる。さすがに全容までは把握できないが、近辺を探索するのに役立ちそうだ。

「いかがですか、オーリン殿」

「想像していた以上の仕上がりだよ、ターナー」

「ありがとうございます」

「お礼を言いたいのはむしろこちらの方さ」

まさかここまでキッチリ理想を具現化してくれるとは、思ってもみなかった。それに、細部に至るまでの職人としてのこだわりには……言葉では表せないくらいの感激があった。

こうして、俺たちの要望を見事に反映させた詰め所はほぼ完成となり、今日から本格的にこちらで寝泊まりをすることになった。

村全体の完成も、残りあとわずか——職人が頑張ってくれているんだ。俺たちも島の調査をしっかりやっていかなくちゃな。

しかし、ルチアやジャクリーヌの魔法を織り交ぜながらとはいえ、短期間でここまで完璧な建設を可能にするとは……ターナーや職人には感謝しかない。島の調査を進めていけるのも、彼らのおかげだな。

ちなみに、俺だけじゃなく、黄金世代のメンバーの家も出来上がっていた。

ここについてはウェンデルが率先して他の三人からリクエストを募り、それを叶えるために職人と協力して完成させている。

ちなみに、それぞれの要望は——魔道具技師であるウェンデルはアイテムづくりに専念するための工房、ジャクリーヌは庭園、ブリッツは鍛錬するための広い空間、エリーゼはお茶を楽しむためのテラスだった。

ただ、豪華な調度品を取り揃えるとか、そういうのは一切やらないんだよなぁ。

俺の貧乏性まで移ってしまったのかもしれない。

まあ、いつ何があるか分からないので、質素に暮らすことが悪いわけじゃないんだけど。


その日の夜。

早速俺たちは詰め所の二階にある会議室へ集合し、明日以降の調査計画を話し合うことにした。

そして、湿原に再挑戦することを決める。

前回はこの島に来ていた者の手がかりである記念硬貨を見つけ、あの辺りを住処にしている大蛇をイムがぶった切ったところで調査が終わっていた。

そこから先には何が待ち受けているのか——今回はその続きとなる。

パジル村の人が百年近くあの場所で平穏に暮らしていた事実を考慮すると、この島には危険で獰猛な凶悪モンスターは生息していない可能性も高いが、油断は禁物だ。

なので、今回はフルメンバーで挑むことにした。

そのメンバーとは、非戦闘員であるクレールに、黄金世代の四人、パトリシア、イム、バリー、カーク、リンダ、さらに魔法使いのルチアを加えた完璧な布陣だ。

「頑張りましょうね、ジャクリーヌ様！」

「えぇ……でも、あまり気負いすぎないようにね、ルチア」

「はい！」

すっかりジャクリーヌの弟子ポジションが板についたルチア。

……対人関係の構築が絶望的だったジャクリーヌに弟子ができるというのは、なんとも感慨深い。

ここはじっくりと褒めてやりたいところではあるが、あの頃の話題を出されると嫌がるだろうから、あとでそれとなく言葉をかけてやろう。

ちなみに調査期間は二、三日を予定している。

そのため、今回はアイテムもかなりの数が必要になってくるが、むろん、すべて調達済み。

これはドネルのおかげだ。

不足している物資を的確に把握し、それをバンフォードさんに伝えて島に送ってもらう手はずを整えてくれている。

港の改修が終わって問題なく運用できるようになったら、彼に物流を仕切ってもらうとしよう。

準備を進めていくと、やはりアイテムの多さが目にとまった。移動の際に荷物となるが、それについてはすでに解決策がある。

「ジャクリーヌ、君の空間魔法で荷物を管理してくれ」

「分かりましたわ」

《千変の魔女》の異名を持つジャクリーヌにかかれば、それくらいは朝飯前だ。

また、ウェンデルが島の調査に役立つさまざまなアイテムを開発してくれた。これもしっかり有効活用していこうと思う。

怪我をしたら、回復魔法が得意なエリーゼがいるし、戦闘になれば聖騎士ブリッツが控えている。

黄金世代の四人だけでも、相当な戦力だ。

戦力といえば、パトリシアとイムの存在も大きい。

今ではイムが剣術、パトリシアが魔法と完全に役割を分担しており、どちらも素晴らしい成長を見せている。

それから、王国騎士団の若手三人衆にも期待している。

俺たちは舞踏会を襲撃しようとしたギアディスの軍勢と戦った――いずれ、こうした役割は彼らのような若い騎士が担うことになるだろう。

だから、この島での経験をそれに活かしてもらいたい。

しかし改めて見ると、パトリシアとふたりで上陸した時に比べて大所帯になったものだ。それだけ調査の幅も広がるという利点もあるからいいのだが。

「随分と賑やかになってきたな、パトリシア」

「はい。――私としては先生とふたりきりで島を調査するというのも、それはそれでいいものであると思っていたのですが」

「ははは、それだと終わるのがいつになるか分からないな」

「……そうですね」

一瞬、パトリシアの瞳から光が消えたような気がした。

確かめようと顔を向けた時、彼女は何かを思い出したようにボソッと呟く。

「そういえば、あの湿原を越えてもまだ島の領土には半分も到達していないんですよね」

「む？　確かに……まだまだ調べる場所はたくさん残っているな」

壁にかけてある島の地図を見ると、湿原はあくまでも通過点にすぎない。あそこを越えてからが調査の本格的なスタートといってもいいくらいだ。

何せ、湿原の向こうは季節によって住む場所を変えるパジル村の人でさえ足を踏み込んだことのない未知の領域。何が飛び出すかは、行ってみなくちゃ分からないときている。

「先生……なんだか嬉しそうですね」

今度はブリッツが突然そんなことを言いだした。

「嬉しそう？　俺が？」

「私にもそう見えましたわ」

「僕も……というか、楽しそうに近いかな？」

「ですわね」

エリーゼ、ウェンデル、ジャクリーヌの三人がそう言いだしたのを皮切りに、あちらこちらから同じような意見が出てきた。

「そ、そんなに嬉しそうだったか？　……まあ、新しい場所を調査できるということで、ウキウキはしていたかもな」

舞踏会の開催が決まってから、念のため、調査を控えていたからな。久しぶりに動き回れると分かって浮かれてしまったか。

「うぅ……そう言われると、なんだか私もソワソワしてきました」

「大丈夫？　また寝られなくなるんじゃない？」

「ぐっ……イムさんの言う通りです。今夜寝つけるか、心配になってきました」

「じゃあ、また一緒に寝る？」

「っ！　そ、そうですね！　明日の調査に支障をきたしてはいけませんからね！　快眠を得るためにやれることはやっておきましょう！」

俺以上に浮かれているパトリシアと、そんな彼女を優しくフォローするイム。

ふたりのやりとりは実にほっこりとした気分にしてくれるが……本番となる明日はしっかり気を引き締めておいてくれよ。

……って、それは俺も同じか。団長として恥ずかしくない行動をしなければ。

――と言いつつ、明日が早く来てほしいと願ってしまうのであった。

異世界で水の大精霊やってます。
湖に転移した俺の働かない辺境開拓
ISEKAI DE MIZU NO DAI SEIREI YATTE MASU
1・2
著 穂高稲穂
HODAKA INAHO
アルファポリス
第2回次世代
ファンタジーカップ
『ユニークキャラクター賞』
受賞作!!!!!
居眠りしている間に人間卒業!?
全能の大精霊
になってしまいました
居眠りから目が覚めると、別の世界に転移していた高校生の冴島凪。辺りは見知らぬ湖——というより、彼は湖そのものになっていた!?　流れ込む知識を頼りに、自分が湖の大精霊に転生したことを理解したナギは、怪我や病で苦しむ者たちを治していく。そんなある日、ナギは願いの声に導かれて、ある少年のもとに召喚される。奴隷となっていた少年たちを救い出すと、その後も彼を慕ってどんどん仲間が増えていき……湖畔開拓ファンタジー、開幕!
◎各定価:1320円(10%税込)　◎illustration:つなかわ
異世界で水の大精霊やってます。
湖に転移した俺の働かない辺境開拓
2
著 穂高稲穂
目が覚めたら怪物の封印、勇者の育成、
ついでに激レア子トラのお世話に引っ張りだこ!
大精霊の日々はやっぱり大忙し!!
「湖畔がにぎやかになりすぎてぐうたらする暇もないね」

アンデッドに転生したので日陰から異世界を攻略します
Fukami Sei
深海 生
不死者だけど
楽しい異世界ライフを
送っていいですか？
社畜サラリーマン、転生したらゾンビになっちゃった!?
過労死からの不死議な冒険!?
社畜サラリーマン・影山人志（ジン）。過労が祟って倒れてしまった彼は、謎の声【チュートリアル】の導きに従って、異世界に転生する。目覚めると、そこは棺の中。なんと彼は、ゾンビに生まれ変わっていたのだ！ 魔物の身では人間に敵視されてしまう。そう考えたジンは、（日が当たらない）理想の生活の場を求め、深き樹海へと旅立つ。だが、そこには恐るべき不死者の軍団が待ち受けていた！
◎各定価：1320円（10%税込） ◎ISBN 978-4-434-31741-5 ◎illustration：木々 ゆうき
日陰限定ですが、異世界で好きに生きます!

アルファポリスで作家生活!

「投稿インセンティブ」で報酬をゲット!

「投稿インセンティブ」とは、あなたのオリジナル小説・漫画を
アルファポリスに投稿して報酬を得られる制度です。
投稿作品の人気度などに応じて得られる「スコア」が一定以上貯まれば、
インセンティブ=報酬(各種商品ギフトコードや現金)がゲットできます!

さらに、人気が出ればアルファポリスで出版デビューも!

あなたがエントリーした投稿作品や登録作品の人気が集まれば、
出版デビューのチャンスも! 毎月開催されるWebコンテンツ大賞に
応募したり、一定ポイントを集めて出版申請したりなど、
さまざまな企画を利用して、是非書籍化にチャレンジしてください!

まずはアクセス! アルファポリス 検索

アルファポリスからデビューした作家たち

ファンタジー

『ゲート』
柳内たくみ

『月が導く異世界道中』
あずみ圭

『最後にひとつだけお願いしてもよろしいでしょうか』
鳳ナナ

恋愛

『君が好きだから』
井上美珠

ホラー・ミステリー

『THE QUIZ』
『THE CHAT』
椙本孝思

一般文芸

『居酒屋ぼったくり』
秋川滝美

歴史・時代

『谷中の用心棒
萩尾大楽』
筑前助広

児童書

『虹色ほたる』
『からくり夢時計』
川口雅幸

えほん

『メロンパンツ』
しぶやこうき

ビジネス

『端楽(はたらく)』
大來尚順

この作品に対する皆様のご意見・ご感想をお待ちしております。
おハガキ・お手紙は以下の宛先にお送りください。

【宛先】
〒150-6008 東京都渋谷区恵比寿 4-20-3 恵比寿ｶﾞｰﾃﾞﾝﾌﾟﾚｲｽﾀﾜｰ 8F
（株）アルファポリス　書籍感想係

メールフォームでのご意見・ご感想は右のＱＲコードから、
あるいは以下のワードで検索をかけてください。

アルファポリス　書籍の感想　検索

ご感想はこちらから

本書は Web サイト「アルファポリス」（https://www.alphapolis.co.jp/）に投稿されたものを、改稿、改題、加筆のうえ、書籍化したものです。

引退賢者《いんたいけんじゃ》はのんびり開拓生活《かいたくせいかつ》をおくりたい２

鈴木竜一（すずきりゅういち）

2023年５月31日初版発行

編集－田中森意・芦田尚
編集長－太田鉄平
発行者－梶本雄介
発行所－株式会社アルファポリス
〒150-6008 東京都渋谷区恵比寿4-20-3 恵比寿ｶﾞｰﾃﾞﾝﾌﾟﾚｲｽﾀﾜｰ8F
TEL 03-6277-1601（営業）　03-6277-1602（編集）
URL https://www.alphapolis.co.jp/
発売元－株式会社星雲社（共同出版社・流通責任出版社）
〒112-0005 東京都文京区水道1-3-30
TEL 03-3868-3275
装丁・本文イラスト－imoniii
装丁デザイン－AFTERGLOW
印刷－中央精版印刷株式会社

価格はカバーに表示されてあります。
落丁乱丁の場合はアルファポリスまでご連絡ください。
送料は小社負担でお取り替えします。

ISBN978-4-434-32043-9 C0093